黒銹

ブラディ・ドール❺

北方謙三

ハルキ文庫

JN184184

角川春樹事務所

BLOODY DOLL

KITAKATA KENZO

黒《こく》銹《しゅう》

北方謙三

黒銹

BLOODY DOLL

KITAKATA KENZO

目次

1　ピアノ

耳が、なにかを思い出していた。

私は、入口のポスターの前で一度立ち止まってから、店の中に入った。

ボーイが近づいてくる。きちんとした態度だった。カウンターの方を、私はちょっと指でさした。頷《うなず》いて、ボーイが先導する。

女の数も、かなりいる店のようだ。ボックス席はほぼ埋まっていて、カウンターにも二人の客がいる。

「ジン・トニック。ソーダとトニックウォーターのハーフ・アンド・ハーフで」

前に立って頭を下げたバーテンに、私はそう註文《ちゆうもん》した。

「ジンは、なんにいたしましょうか？」

「ゴードンだけがジンさ」

バーテンが、ちょっと口もとを綻《ほころ》ばせた。タンカレーやビーフィーターというような、流行《はや》りのジンも、酒棚には並んでいる。

まだ若いが、バーテンはいい腕をしていた。ソーダとトニックウォーターを同時に注ぎこんで、ほとんど攪拌《ステア》の必要がないように仕あげている。あまり掻《か》き回すと、ソーダが死ぬ。甘いジン・トニックになってしまうのだ。客が、自分の好みに合わせて、マドラーで掻き回すべきだった。

黙って、私はコリントグラスを口に運んだ。

ピアノ・ソロ。十五年も前に聴いた曲。あのころより、どこかに錆《さび》が浮いたような演奏だった。それが、悪くない味になっている。

「あのピアニスト、長いのかね？」

「いえ。昨年のクリスマスからです。まだひと月にもなっておりません」

「毎晩、やるのか？」

「いまのところ、そういう予定でございます」

「いつも、ジャズだね」

「いいえ。お客さまのお好みに合わせて、映画音楽などもこなします。すべてとは言いきれませんが、知っている曲ならば、やってくれます」

ちょっと頷いて、私はシガリロに火をつけた。シガーやシガリロは、他人に火を出されると迷惑な気分になる。自分なりの火のつけ方があって、それを変えたくないのだ。特にシガーはそうだろう。

若いバーテンは、それをちゃんと心得ているようだった。

曲が、『ひまわり』になった。鮮やかなひまわり畠《ばたけ》の中を、女がひとり歩いていく。映画のその場面だけをはっきり憶《おぼ》えていた。

あの女は、夫の戦死が信じきれず、捜しに来ていたようだ。ストーリーは、はっきり憶えていない。

「お代り、どういたしましょうか？」

「同じやつを」

バーテンは無表情に頷いた。

シガリロが一本灰になる間、『ひまわり』は続いていた。曲が終った時、まばらな拍手が客席から起きた。

「ピアニストに、ソルティ・ドッグを一杯」

「演奏中は、あまりアルコールを入れないようにしているようですが」

「置いておくだけでもいい」

わかるはずだ。というより、自分の昔を思い出すはずだ。

鮮やかな手並みで、バーテンはシェーカーを振った。スノースタイルのグラスの仕あげも、見事なものだ。

「よろしいでしょうか、これで」

黙って、私は頷いた。ボーイが、グラスをトレイに載せて運んでいく。

曲はジャズに変っていた。『ひまわり』で悲愴《ひそう》感をばら撒《ま》きすぎたと考えたのか、陽気な曲をやっている。

ボックス席の客が、六、七人立ちあがった。女たちの見送る声に入り混じって、陽気なジャズが流れてくる。十時半を回ろうとしていた。

ひとしきり人の行き交う気配があり、店の中は再び静かになった。曲が変った。『ワッツ・ニュー』。なにか新しいことは？　変ったことは？

嫌いな曲ではなかった。日本人で、この曲をうまくこなす女性ボーカリストがいた。その女の唄声《うたごえ》も、嫌いではなかった。

スタンダード・ナンバーが続いた。私が届けたソルティ・ドッグは、いつの間にか飲み干されたようだ。

三曲目に入った時、私の隣りのスツールに、顔色の悪い長身の男がやってきた。註文を受ける前に、バーテンはジャック・ダニエルの黒ラベルをショットグラスに注いだ。

「今夜は、趣味のいい客が来てるじゃないか」

男がバーテンに声をかけた。バーテンはちょっと頷き返しただけだ。

「あのピアニストには、ジャズ以外は弾かせるな。それが、あの男の技に対する敬意ってもんだ。もっとも、川中《かわなか》にあのピアニストじゃ、猫に小判ってやつだが」

「ジャズの店というわけではありませんし」

「おまえに、日本酒の燗《かん》をつけろと言ったら、多分大人しくやるだろうな。ただ、ちょっと悲しいような気分にはなるはずだ。それと同じさ。特に、相手は芸術家なんだ。なにも言わなくても、傷ついているかもしれん」

「宇野《うの》さん、ほんとに沢村《さわむら》さんのピアノがお好きになられたんですね」

「お好きだと。気持の悪い言葉は使うな。ただ、痺《しび》れるだけさ」

私は、三杯目のジン・トニックを頼んだ。宇野と呼ばれた男が、チラリと私の方に眼《め》をくれた。カウンターの自分の酒には、手をつけようとしない。

「よろしいですかな」

もう一度私を見て、宇野が言う。ストレートグレインのパイプを、左手に握っていた。私は黙って頷いた。マッチを擦る音。甘いパイプ煙草《たばこ》の香りが、私の方へ流れてきた。

タキシードの男が、宇野のそばに立った。私も、シガリロに火をつけた。タキシードの男は、二言三言、宇野と言葉を交わした。静かな眼も宇野を見つめていたが、なぜか私は視線で射抜かれたような気分になっていた。

「遠山《とおやま》先生のアトリエ、そろそろ完成するころじゃないのか？」

「さあ、私はこのところあそこに行っておりませんで、外見は出来あがっていても、ああいう建物は内装に手がかかるのではありませんか？」

「倉庫みたいなのが、一番いいのさ、アトリエにはな。天下の遠山先生だって、それはほかの画家と変りない」

ている。遠山一明《かずあき》という画家がいる。いま話題になっているのは、その当人だろうか。私の泊っているホテルのロビーには、五十号ほどの遠山一明の絵があった。

カウンターの別の客が、カクテルを頼んだ。

バーテンは二人いる。中年のバーテンの腕もなかなかのものだったが、若い方には及ばない。

タキシードの男と、眼が合った。かすかなほほえみが返ってきた。それがただのほほえみだとは、私は感じなかった。どこから来たのか？　何者なのか？　この店に用事なのか？　何種類もの問いかけが、ほほえみの中にあった。私も、穏やかに笑みを返した。

「音楽が、お気に召されているようで。あのピアニストが、頂戴《ちょうだい》した酒を飲むのは、めずらしいことです」

「ほう、どんな酒を？」

煙を撒き散らしながら、宇野が口を挟んだ。

「ソルティ・ドッグでございましたね？」

私はただ頷いた。

「どうぞ、ごゆっくり」

タキシードが頭を下げた。慇懃《いんぎん》な身のこなしの中に、隙《すき》はまったく見えなかった。

「坊主みたいな男でしてね」

宇野の顔が、甘ったるい煙のむこう側でぼやけていた。

「これは抽象的な表現で、つまりストイックってわけですよ。野心もなけりゃ、欲もない。そういう点からいうと、非人間的と言ってもいいくらいでね」

宇野が、ようやくウイスキーに口をつけた。唇を湿らせたくらいだ。曲は、相変らずジャズが続いている。

「今夜はピアノの気合が入ってるな。どうしたんだ、あの先生」

バーテンは、笑っただけで答えなかった。このバーテンも、隙のない身のこなしをしている。そして、タキシードの男と同じ匂《にお》いをさせている。

「このところ、川中は見かけないな」

「いつもと同じですよ。夜は、ほとんどこっちへ来なくなりましたが」

宇野にむかった時、バーテンの丁寧な口調は多少崩れるようだった。

「宇野さん、シトロエンCXパラスを運転されてるそうですね。噂《うわさ》が入ってきてます」

「俺が車を転がしちゃ、おかしいか?」

「そりゃまあ、驚きますよ」

「もう十年になる。十年間も機械の中に血を通してる。それでも、おまえらの血みたいに汚なくなっちゃいない」

バーテンが肩を竦《すく》めた。なんの話かわからなかった。私は、ピアノの音だけに耳を傾けた。店の中のさんざめきも、遠ざかっていく。ピアノの音だけが、生きたもののように語りかけてきた。
十五年前、私はちょっとジャズが好きな、どこにでもいる二十歳《はたち》の青年だった。そのま
まいけば、ごく普通の勤め人になっていただろう。普通の結婚をし、子供を持ち、趣味と
して楽器などをいじってみる。そうならなかったのは、偶然と言ってもいい。人が歩く道
には、いくつもの分岐がある。その中のひとつを、私は他人と違う選択をしてしまったの
だ。
曲が、また変った。『イン・ナ・センチメンタル・ムード』。ピアニストが、私の方にち
ょっと眼をくれた。私は眼を閉じた。デューク・エリントンのようでもなければ、マッコ
イ・タイナーのようでもなかった。それでも、ピアニストは彼自身の音を出していた。十
五年前が、途切れ途切れに蘇る《よみがえ》。
その曲が終った時、ピアニストは腰をあげた。拍手をしたのは、私と宇野だけだった。
ピアニストが、私の方へ真直《まっす》ぐ歩いてくる。ちょっと古くなったタータンチェックの上
着に、反対色のアスコットタイ。恰好《かっこう》まで、十五年前と変っていない。
「もう一杯、ソルティ・ドッグを頂戴してもいいかな?」
どうぞ、と私は手で示した。バーテンが、また鮮やかな手並みを見せた。
「宇野先生も、いまみたいな曲がお好きなようですね」

「まあね。ただ、こちらのお客さんのリクエストがどんなかたちだったのか、どうしてもわかりませんでね。ソルティ・ドッグが『イン・ナ・センチメンタル・ムード』になる理由がなにかあるわけですか？」

「聴き手と弾き手の間に、時にはなにか介在したりすることがありましてね。長く弾いていると、今夜みたいなこともあるんでしょう」

「わからんな、それだけじゃ。介在しているものがなにか、ということを知りたがるのは、弁護士の習性なのかな」

「介在しているものは、ソルティ・ドッグというカクテルですよ。それから、青春」

「ほう、沢村さんのですか？」

「いや、聴く方の。こちらの方、お名前も存じあげないし、お目にかかるのもはじめてなんですがね」

「はじめて？」

宇野が、また首を傾《かし》げた。バッジは付いていないが、弁護士らしい。

沢村は、出されたソルティ・ドッグを二口であけると、礼を言って奥へ入っていった。

「沢村明敏《あきとし》。昔の彼を知ってるのかね？」

「多少。ポスターを見て、ついふらりと店に入ったというわけで」

「この店にゃ、勿体《もったい》ないよな」

「いい店だ、と思いましたがね。バーテンの腕もいい」

「経営者がなってなくてね」

パイプの火が消えたらしく、宇野はしばらく火皿《ボウル》の中をマッチの軸でかき回し、灰皿に灰を落とした。相変らず、ショットグラスにはウイスキーが入ったままだ。

「旅行中ですか?」

再び濃い煙を吐き出しながら、宇野が言った。パイプをくわえたままなので、声の間に息が洩《も》れている。

「ホテル・キーラーゴに泊ってます」

「あそこは、悪くない。あそこの経営者は、まあまともなんだ」

私は頷いた。確かに悪いホテルではなかった。

ジン・トニックの残りを飲み干した。酒場に入って訊《き》こうと思っていたことを、私は切り出さなかった。そうさせないなにかが、この店にはある。N市の酒場は、ここだけではないだろう。

煙が流れてくる。宇野は、もう話しかけてこようとしなかった。タキシードの男を、私はしばらく眼で追った。一度もこちらを見はしなかったが、私はまだ視線を感じ続けていた。身のこなしには、やはり一分の隙もない。タキシードの男とバーテン。この二人がいつまでもひっかかってくる。

ピアノが熄《や》んだ店内には、低くBGMが流れている。それも、古いジャズだった。あるかなきかのかすかな私の合図で、バーテンは革製の皿に載せた勘定書を素速く差し出した。

腰をあげた私に、宇野がチラリと眼をくれる。なんとなく、お互いに頭を下げた。レジは、出入口のクロークの反対側だった。

2 花籠《はなかご》

百メートルほど歩いて、車に乗った。

午後の間に、街の中はほぼ走り回っていた。山裾《やますそ》の方までだだっ広く拡《ひろ》がった街だった。港と山麓《さんろく》を結ぶ産業道路の途中には、いくつかの工場がある。ほとんどが、大規模な工場で、市が誘致したのだろうと考えられた。

港も、五万トンクラスの貨物船が入れるようだ。コンテナを積みこむ機械もあった。

海沿いの道に出て、私は車を港の方へむけた。繁華街とは別に、港の周辺にも酒場のものらしい明りがいくつかある。

屋台に毛の生えたような店のそばで、私は車を停《と》めた。

ネクタイを引き抜き、助手席に放《ほう》り投げた。人通りはまだいくらかある。

店の中にいたのは、五十年配の女がひとりと、ジャンパー姿の三十歳ほどの男が二人だけだった。カウンターの端のテレビでは、コミカルなドラマをやっているようだ。

「酒」

私は、カウンターの真中あたりに腰を降ろした。酒を売る店というより、街角で見かけるカウンターだけのラーメン屋のような雰囲気だった。

日本酒を満たされたコップが、無造作にカウンターに置かれた。

「何時まで、いいのかね？」

「そりゃ、お客さんがいるまでよ」

「なるほど」

鍋《なべ》の中から、いい匂いが漂ってきている。豚の足を煮こんだもののようだ。

「この街の酒場、あんなのしかないのかね？」

「あんなのって？」

「さっき飲んでたとこだよ。やたらに気取って、高級って感じだった。酒を飲んだって気がしないんだよ」

「どこで飲んだのよ、お客さん？」

「確か、『ブラディ・ドール』とかいった。酒は揃《そろ》っているようだったが、気軽に飲むって雰囲気じゃなかったな」

「あそこは特別よ」

「経営者が、高級志向なんだな、多分」

「あら、川中の旦那《だんな》は、うちなんかでもよく飲んだりするわよ。釣ってきたばかりの魚を、料理しろとか言って持ってくることもあるね」

「ほう、じゃ本人が高級志向ってわけじゃないんだ」

「あの旦那は、子供みたいな人よ」

宇野が言っていたのも、確か川中という名前だった。

私は酒を口に流しこみ、豚足を註文した。

「出張?」

「まあね。といっても、事務用品のセールスマンさ。ほんとうの出張ということになるのかどうかは、よくわからん」

「そうだね。工場に出張に来た人なんか、大抵街の方で飲んでるもんね。ここは、地元で働いてる人間が飲むところよ」

「地元と、そうじゃない連中ってので、そんなにはっきり分れちまってんのかい?」

「それも、はっきりしないね。地元から工場に就職した人間も沢山いるし、東京から転勤してきて、社宅でひと塊になって暮してる人たちは、よそ者って感じはするけど、だからって特別なにかあるわけでもないしね」

「川中ってのは、地元の人間なんだね」

「あたしは、そう思ってるよ。あの旦那は、地元の人だね」

客のうちのひとりが、顔をテレビの画面から動かし、私と女を交互に見較《みくら》べるようにした。私は、出された豚足をひとつつまんだ。

「はじめは、ここと変らないような店だったんだよ。それからキャバレーやりはじめて、あたしも半年ばかり勤めたことがあるわ。あの旦那、毎日自分でビール運んで、掃除も自分でやってた。ほんとのはじめは、トラック一台で運送屋やってたって話だけど、そのころはよく知らないわ」

私は、女の荒れた手に眼をやっていた。

「川中が地元の人間だって?」

私と女を、交互に見ていた客が言った。いくらか酔っているようだ。

「俺に言わせりゃ、野郎はたちの悪いよそ者《もん》さ。あんなのが、でかい顔《つら》してる街なんだ、ここは」

「よそ者であろうがなかろうが、俺にはどうでもいいがね。酒場を何軒も持ってる。レストランやヨットハーバーやリゾートマンションの経営もしてる。事務用品を売りこむにゃ、いい相手じゃないかと思うんだ」

「とにかく、あいつは地元の人間じゃない。悪党だ、と俺は思ってるよ」

「やめときなよ、旦那の悪口はさ」

女の口調は、たしなめるようだった。男は、つまらなそうにコップを呷《あお》った。

「なぜ悪党かっていうとね、生きてるからだよ。いろんなことをやって、まだ生きてる。悪いやつだって証拠さ。この街で派手な事件が起きた時、大抵あいつは絡んでる。そのたびに、でかくもなってるしな」

「逆恨みだろう、あんたのはさ。せっかく『ブラディ・ドール』に勤めてたのに、目腐れ金貰《もら》って旦那の敵に回るような真似《まね》をするから」

「金は貰ったが、俺は裏切るような真似はなんにもしちゃいないよ。くれるって金を、ただ貰っただけさ。そしたら馘《くび》だ」

「どこの世界に、ただ金をくれるやつがあるんだい」

「川中は、悪人だ。それに、藤木《ふじき》とか坂井《さかい》とか、気味の悪い連中が店にいる」

「ここでいくら言ったたって、負け犬の遠吠《とおぼ》えだよ」

「そうだな」

男はまた、テレビの画面に眼を戻した。もうひとりの客は、半分眠っているようだった。私は、皿の豚足を平らげた。

産業道路のすぐそばで、トラックの走り抜ける音が時々聞えた。夜間の荷役が行われているのかもしれない。道路のむこう側には、倉庫群やコンテナ置場がある。

「この街はさ、二十年前はお茶を作ってるぐらいしかない、小さな田舎街だったわ。山の方の田畠《たはた》を潰《つぶ》してね、そこに工場がどんどん進出してきた。人口もあっというまにふくれあがっちまった。デパートもできたし、新しいホテルもできた。海がきれいだから、別荘なんかも売り出された」

「絵に描《か》いたような、発展を遂げたわけだ」

「いいことか悪いことか、あたしにゃわからないけどね。街が大きくならなきゃ、川中の旦那だって、酒場の親父《おやじ》だっただろうね。街と一緒に、旦那も大きくなっていったのよ。それを悪く言う人はいっぱいいるけど、旦那だってどうしようもなかったんだって、あたしは思ってる」

男が、また女の方に眼をくれて、舌打ちをした。女は相手にしなかった。

「ダニの数だって、ここはよそと較べたら少ない方だしね。川中の旦那をなんとかしないことにゃ、ダニだって増えられないのさ。それは、あたしらにとっちゃいいことよ」

「この街のボスなんだな、川中は」

「それも違うね。暇な時は、船乗り回して釣りしてるだけよ。商工会議所にも名前だけしか入ってないし、市長とか代議士とかいう偉いさんとも付き合いたがらないし」

女が、煙草に火をつけた。ドラマが終ったらしく、男がチャンネルを変えた。私は、汚れた壁に貼《は》られたメニューをひとつずつ読んでいった。レバにらとか鯵《あじ》のひらきなどというものもある。

「三日ばかり前、川中の旦那はここへ寄ったよ。土崎《つちざき》っていう、船の仲間と一緒にさ」

「おい、いつまでも川中の話をするこたあないだろう。おばちゃん、野郎に惚《ほ》れちまってんじゃないかという気がしてくるぜ」

「あと二十若かったら、あたしの方から口説くね」

「川中は、若い女が好きだぞ。金にもの言わせて、何人も押し倒してら」

「旦那に直接言いなよ。旦那が現われたら、コソコソ帰ったりせずにさ」

「とにかく、野郎は生きてる。生きてるってことが、悪党だって証明さ」

千円札と硬貨をカウンターに置いて、男が立ちあがった。眠ってしまった男は、連れではなかったらしい。

「遊ぶ場所っての、ここにはあるのかい？」

「ちょっとはね。言ったでしょ、ダニの数が少ないって。だから、遊び場所も派手ってわけにはいかないわね」

二杯目の酒を頼んだ。十二時を回ろうとしている。この街で最初の夜だった。

「どこに泊ってんの？」

「ホテル・キーラーゴ」

「おやおや」

「セールスマンが泊るとこじゃないみたいね。あたし、入ったことないけどさ」

「海のそばってのが、気に入ったんだよ。値段はかなりのもんだったが」

「この街に遊びに来る人は、あそこに泊るみたいだね。それから、大会社の偉いさんの出張とかもね」

「俺も、重役並みか」

「重役は、こんなとこで飲まないけどね」

女が笑った。カウンターの端で眠っていた男が、顔をあげてなにか言い、またうっ伏した。産業道路からは、まだトラックが走る音が時々聞える。

シガリロをくわえると、女が火を出してきた。

「なんか、危ないことをしそうな人ね」

「俺がかね」

「あたしの勘《かん》、わりと当たるのよ。なにやるにしても、川中の旦那にゃ逆らわないようにするのね」

「気をつけよう」

「この間も、人が殺される事件が起きたわよ。若い女の子でね。川中の旦那も関係があったみたいだわ」

「おかしいかね？」

「俺より、川中の方がずっと危なそうだ」

「旦那はさ、いやいや巻きこまれるのよ。いつだってそう」

テレビの音声しかなかった。ニュースの時間で、単調な男の声が続いている。そろそろ放送が終るころなのか。

シガリロの灰が、ポトリとカウンターに落ちた。川中という男が、どこかでひっかかっている。『ブラディ・ドール』の、タキシードの男とバーテンが気になっているからなのか。普通なら、噂だけで気にすることはほとんどなかった。

邪魔をしてくる男。そういう人間は、大抵まず勘にひっかかってくる。

「あんた、運転してきてんじゃない？」

三杯目を注ごうとして、女は一升瓶を抱えたまま言った。

「この時間だ。心配ないだろう」

「まあ、これぐらいでやめといたら」

「そうだな」

勘定は安いものだった。

冬は温暖な地方だといわれているが、夜はさすがに寒かった。車に乗り、エンジンをかけて暖房を全開にした。

人通りはあまりない。明りの消えた店もいくつかあった。港の明りが、闇《やみ》の中に小山のような光を拡げている。

車を埠頭《ふとう》に回した。一万トンほどの貨物船が、一隻停泊しているだけだった。コンテナ置場の方で、機械の音がしている。あとは、貨物船のダイナモ発電機の唸《うな》りだけだった。どこから、突っついていけばいいのか。それはまだ見定めていない。この街のどこかを突っつけば、私が会いに来た人間は飛び出してくるはずだ。

車を、ホテルへむけた。

海沿いの道路のドライブは、なかなか快適なものだった。緩やかなカーブが、躰《からだ》に心地よい遠心力を与えてくれる。

海に、小さな明りがいくつかあった。灯台ではないらしい。漁火《いさりび》なのか。それとも、島でもあるのか。

スピードをあげた。百二十。レンタカーとしては、悪くない車だ。走行距離も、ようやく二万キロに達しようとしている。エンジンの調子は、一番いい状態のはずだ。踏みこみ、百四十あたりまであげて、スロットルを閉じた。百キロ。ほんとうはそれくらいが適当な道だろう。

明り。ホテル・キーラーゴ。

駐車場に車を入れた。通用口は閉っていたので、玄関に回った。初老のナイトマネージャーが、鍵《かぎ》を差し出してくる。

「御予定は、後で伝えてくださることになっていたそうですが」

「一週間。とりあえずだが」

ナイトマネージャーは、ちょっと頭を下げて、コンピューターのキーボードを打った。

「結構でございます。六泊ということにいたしますか。それとも七泊？」

「七泊。滞在はのびる可能性がある」

ナイトマネージャーが、また頭を下げる。

「むかいのヨットハーバーは？」

「はっ？」

「いや、このホテルの経営かと思ってね」

「同じ経営ではございません。隣同士でございますから、提携関係にはございますが」

「川中さんという人か、経営者は」

「御存知で？」

「この街じゃ、有名な人らしいからね」

「クルージングの御希望でしたら、当ホテル所有のものもございます。冬の間は、それほど御希望はないんですが、準備がございますので、一日前に御予約をいただくことになっております」

ロビーはがらんとして、人の姿はなかった。

「あの絵は、遠山一明だね？」

壁にかかっている絵は、一点だけだった。

「さようでございます。この先、四キロほどのところに、アトリエを建築なさっています。当ホテルの総支配人と昵懇《じっこん》でございまして」

手を振って、私はエレベーターの方へ歩いていった。すぐに扉が開く。三階の部屋だった。

自分の部屋のドアの前に立って、私はしばらくじっとしていた。ノブ。上と下のかすかな隙間。内部の気配。ほんの二秒か三秒の間、私は五感を集中させた。習性のようなものだ。いきなり部屋に入ることは、絶対にしない。

暗い部屋。入口のスイッチを入れる。きれいに整ったベッドが、光に照らし出される。部屋を出た時と違うもの。小さな花籠《はなかご》。テーブルの真中に置かれている。総支配人からの、歓迎のメッセージだった。

3　シガリロ

一階のメインダイニングで、コンチネンタルスタイルの朝食をとった。

道路のむこう側に、海が一望に拡《ひろ》がっている。冬の、鈍色《にびいろ》の海だった。波間には、小さな漁船の姿がいくつか見える。

　朝食をとっている客は、七、八組いるだけだ。ひとりでテーブルに着いているのは、私しかいないようだ。街の中のシティホテルは、ここに較べると半分近い値段で泊れる。

　ボーイがテーブルを回ってきて、コーヒーを注《つ》ぎ足していった。

　シガリロに火をつけ、海に眼をやっていた。私が会わなければならない人間は、警察も追っているはずだ。ここまで手がのびているのかどうかは、いまのところわからない。東京から刑事が乗りこんでくるのも、時間の問題だと思える。

　私の持っている資料は、いかにも少なかった。町田静夫《まちだしずお》。名前だけがわかっているようなものだった。しかも、ここでそう名乗っているとは、どう考えても思えはしないのだ。

　見つけ出せば、私の仕事の半分は終ったようなものだ。東京で、一週間近く町田の足跡を追った。逃げることにかけては、巧妙な才能を持った男なのかもしれない。四日間を、まるで無駄に振り回された。

　警察が動きはじめた時点で、私は狙《ねら》いを町田の女に絞った。この街が浮かんできたのも、女の線からだ。ここで町田を見つけることができなければ、仕事は失敗ということになるだろう。いるのかいないのかさえ、まだわかっていない。自分の勘に賭《か》けた。その確率がどうであれ、賭けなければならない時期に来ていたのだ。

　女は三人浮かんだ。ひとりはまだ東京にいて、もうひとりは沖縄《おきなわ》らしい。普通に考えれば、沖縄に狙いをつけたくなる。町田の頭の中には、当然海外逃亡があるだろうと思えるからだ。

N市の方に賭けた。賭けた以上は、振り返ろうとは思わなかった。

短くなったシガリロを揉《も》み消した。コーヒーも、温《ぬる》くなっている。

「どうも、昨夜はありがとうございました」

ふり返ると、『ブラディ・ドール』のバーテンが立っていた。ジーンズに、ざっくりした厚いセーターという恰好で、腕にヤッケをかけている。連れらしい二人は、窓から一番遠い奥の席に腰かけた。私と同年配の大柄な男と、見事なほど潮灼《しおや》けした赤ら顔の初老の男だった。

「釣りに出てまして、いま戻ったところなんです」

服装のせいか、バーテンの口調は店よりいくらかくだけているようだった。

「いま、なにが釣れるのかな？」

「寒鰤《かんぶり》を狙ったんですが、駄目でした。ほかのものはあがりましたが」

「寒いだろうな、船の上は」

「風に馴《な》れてしまえば、大したことはありません。風の避け方というのも、自然に覚えるものですよ」

さりげなく立っているだけのバーテンの躰には、やはり隙がなかった。

「失礼しました。つい、昨夜のことを思い出して、声をかけたりいたしまして」

「構わんよ。いい演奏を聴かして貰った。沢村明敏氏は、いつまで？」

「店の専属ということになっておりますので、期間はありません。ただ、気が向いた時に弾けばいいという契約のようで」

「いつ行っても、聴けるとはかぎらないわけか」

「いまのところ、判で押したように出てきて、最低十曲は弾くようです」

「変ってるな」

「ま、芸術家ですから」

「君のところの、経営者さ」

「奥のテーブルにおります。若い方がそうでして」

意外だった。五、六十の脂ぎった男を、私は昨夜から想像していた。奥のテーブルにいる男は、バーテンやタキシードの男が持っているような、なにかを感じさせる匂いがまったくなかった。腰かけている姿も、隙だらけだ。といって、存在感が希薄というのでもない。

「失礼したな、これは」

奥のテーブルからバーテンに眼を戻し、私は苦笑した。

「実業家という感じからは遠い」

「私どもも、そう思っております」

紺の、仕立てのいいスーツを着た男が入ってきて、奥のテーブルに着いた。なにを談笑しているのか、私のところまでは聞えなかった。

「この街には、しばらく？」

「その予定でいるよ」

「また、いらしてください。ピアニストにも気合が入りますし」

「偶然さ、一度だけのね。ただ、沢村氏の演奏はまた聴きたいと思ってる」

かすかな笑みを浮かべてバーテンは頭を下げ、奥のテーブルに戻っていった。

私は腰をあげた。

川中という男の方に、チラリと視線をやった。眼が合った瞬間、さりげない挨拶《あいさつ》が返ってきた。背広姿の男もバーテンも、挨拶を送って寄越した。

レジでサインをし、キーボックスに部屋のキーを放りこんで、私はホテルを出た。

駐車場の車にエンジンをかけてから、どこへ行くべきなのかしばらく考えた。

女がどこにいるかということは、東京で調べあげていた。ただ、顔は知らない。町田静夫についても、写真を二枚持っているだけだ。

下手に動けば、町田を警戒させるだけの結果になるだろう。女への接近の仕方も、気をつけなければならなかった。

車を出した。街とは反対の方向にむかった。時間はなかったが、すぐさま行動に移るのも私のやり方ではなかった。見えないものが多すぎる。もう少し見きわめてから、動く時は一気に動けばいい。

海沿いの道。車は結構多くて、夜中のように飛ばすというわけにはいかなかった。対向車線の合間を縫って、二台ほど抜いただけだ。それほど急いでいる車はいない。私も、急いではいなかった。急ぎすぎると、なにかを見落としていく。のんびりしすぎていても、見えたものがなんなのか、咄嗟《とっさ》の判断に迷ったりしてしまう。こんな時は、自分の感覚に合った速度で動いていることだ。

古い建物が見えてきた。朽ちかけているような感じだが、はじめに思ったほど古くはないのかもしれない。海際《うみぎわ》の建築物は、塩の影響で傷みが早いものだ。

そばまで行って、それがヨットハーバーらしいことに私は気づいた。マストが三本、さびしげに揺れているのが見えた。

敷地は、赤く錆びた金網の柵《さく》で囲われていた。建物のモルタルは剝《は》がれ落ちて、ほとんどコンクリートが露出してしまっている。

「用事かね?」

車を降りると、建物の中から声をかけられた。建物と同じように朽ち果てかかったような老人の顔が、窓から覗《のぞ》いていた。

「ここは、ヨットハーバーとして使われているのかな？」

「見てわからねえかい。ただし、新規の会員は受け入れちゃいねえよ。ホテル・キーラーゴの前に、もっと立派なハーバーがある」

「こんなんじゃ、経営が成り立たないんじゃないのかな」

「余計なお世話ってもんだろう」

「なんとなく、感じたままを言ったまでさ」

「感じたままを言っちゃまずい時ってのもあるだろうが、若《わ》けえの」

「そうだな」

私はシガリロをくわえ、風の中でマッチを擦った。なんとか火はついたようだ。カタカタと、ヨットのステイがマストを打っている。

「おい、おまえがくわえてるの、葉巻かい？」

「シガリロだよ。つまり、細巻の葉巻だね」

「どこの？」

「どこのって、ダビドフってシガリロだがね」

老人が、戸を開けて外へ出てきた。膝《ひざ》まである、長い綿入れをひっかけている。袖《そで》がもっと細かったら、コートのように見える代物だ。膝の下は、ゴムの長靴だった。

「ダビドフって言ったな、おまえ。葉巻のダビドフと同じか？」

「葉巻の場合はハバナ産だが、こいつはジャマイカあたりで作ってるんじゃないかな」

「なんだ、ハバナじゃねえのか」

「一本やるかい？」

箱を差し出すと、老人は無骨な指さきで一本とった。横にして鼻に押し当てている。

「葉巻が好きなら、こいつも嫌いじゃないはずだよ」

「後で、ゆっくり喫《す》うことにする」

綿入れの袂《たもと》の中に、老人はシガリロを収《しま》いこんだ。

「どこからだ？」

「東京からさ」

「土地でも漁《あさ》りに来やがったか」

「なぜ」

「最近、そんなやつが増えやがってな。言っとくが、ここらあたりじゃ、もう大した土地は見つからねえぞ」

白い無精髭《ぶしょうひげ》がのびた顎《あご》を、老人はちょっと手で触れた。頑固そうな顎の線だ。躰全体はがっしりしている。

「ここは、川中という男にやられちまった口かね」

「なんでだ？」

「ホテル・キーラーゴの前のヨットハーバーは、川中のものなんだろう。あそこは繁盛しているみたいじゃないか」

「おまえ、なんかおかしなことでも聞きやがったか」

「別に。ただ川中という男が街の有力者で、どんどん大きくなってるという話は聞いた」

「人ってなあ、勝手なことを喋《しゃべ》りまくるもんだな」

「どういう男なんだ、川中というのは？」

「ひでえ野郎さ。土地は買い占める。女を集めちゃ、無理矢理売春させる。金を貸して、悪質な取り立てはやる。おまけに、平気で暴力を使いやがる」

「本気で喋ってないね、あんた」

「川中の旦那の悪口を、本気で言う気はねえよ」

「怕《こわ》いのか？」

「ちっとも」

「じゃ、なぜ？」

「好きなだけさ」

老人が、ちょっと笑みを洩らした。からかっていたようだ。

「川中は、今朝釣りに出たようだ。寒鰤を狙ったが、駄目だったらしい」

「なんだ、おまえ会ったことがあるんじゃねえか」

「ホテル・キーラーゴに泊ってってね」

「あそこのクルーザーで出かけたのさ。俺が行きゃ、ちゃんとしたポイントを見つけてやれたんだが、土崎にゃまだ無理だろう」

土崎というのは、多分潮灼けをした漁師のような男のことだろう。

「この街で、最近変ったことでもあったかね？」

「なにも。あるはずがねえさ。いや、俺が知らねえのかな。なにしろ、ここで一日海を眺めてるだけだからよ」

「川中の店に、沢村明敏が出てる」

「誰だ、そいつは？」

「ピアニストさ。十五年前は、ジャズの好きな連中には人気があった。ある時、消えちまってね。麻薬に溺《おぼ》れたとか、女で駄目になったとか、いろんな噂が飛んだもんだよ。それが、偶然、昨夜、川中の店で見かけた」

「川中の旦那は、そんな男が好きなのさ。じっとしていても、むこうから集まってきちまうんだ」

「専門家が聴けば、腕がひどく落ちたと言うかもしれない。しかし、十五年前にはなかった味みたいなものは、確かにあったね」

「そりゃ、おまえの方が変ったのかもしれねえぞ。人間ってのは、そういうものだ。弾く方も変ってるだろうが、聴く方も変ってる」

確かに、それは言えた。この十五年で、私はどれほど変ったのか。自分ではない古い友人を思い出すように、十五年前の自分を思い出す。

シガリロを捨てた。老人は、もう私に関心を失ったように、防波堤の付け根のところへ歩いていった。私が一緒に行っても、別になにか言う様子はない。

防波堤の付け根のところは、小さな岩場だった。腹を上にした魚が打ちあげられている。潮が満ちてくる時間のようだ。

「屍体《したい》はひとつだけか」

「物騒な言い方だね」

「おまえが、そばにいるからだ。死人の臭《にお》いがするぜ」

「俺に？」

「これでも、多分おまえの倍くらいの人生は生きている。いろんな人間の匂いを嗅《か》いできたさ」

私は、もう一本シガリロに火をつけた。老人も手をのばしてくる。

「紙巻とは、確かに違うな」

「これはちょうどいい。一本喫うのに、大して時間がかからんから」

「シガーを、俺に教えてくれた人がいてね。いまも、時々分けてくれる。俺は、たっぷり時間をかけて喫うよ」

「おかしな街だ、ここは。落ちぶれたピアニストに会うかと思えば、ハバナシガーの話をする爺《じい》さんにも会う。川中の悪口を言ってる労務者がいるかと思えば、弁護する人間も何人もいるしな」

「おまえが、また厄介ごとをふり撒きそうな気がするな」

老人は、シガリロの煙を細く棒状に吹き出した。途中で、棒は風に押し曲げられていく。コンテナを満載した貨物船が、沖を港の方にむかって走っていた。老人の眼は、それを見ているようだ。

「いつも厄介ごとを抱えている。それが街ってもんじゃないのかね」

「そうだな。いろんなやつが来て、いろんな厄介ごとをばら撒いていった」

コートなしで立っているのは、やはり寒かった。曇っている。空にやった眼を、私はもう一度沖に戻した。

「俺はここで生まれて、ここで育った。この十四、五年で、すっかり違う街になっちまったよ。いいのか悪いのかは、誰にもわからねえ。世の中がそんなふうに動いているんだ。いつもそう思って眺めてきただけさ」

綿入れの袂の中に、老人は手を入れた。口には、短くなったシガリロをくわえたままだ。

4 セッション

女のマンションは、三吉《みよし》町の二丁目にあった。小さな商店街に面している。四階建で、エレベーターはないようだ。

三時間ほど、私は車の中で待った。マンションから、五十メートルほど離れた地点だ。ここで女を張っていれば、町田と会えると思っているわけではない。三人いる女の中でこの街の女だと当たりをつけたのは、私の勘にすぎない。それが当たっていたとしても、これまでの町田の行動から考えれば、不用意に現われるはずはなかった。

ただ、女の行動を確かめておく必要はある。女の顔も、見ておかなければならない。それも、女に気づかれないようにだ。

女は、水野《みずの》圭子《けいこ》といった。町田とは、二年ほど前からできている気配だ。そのころ、水野圭子は銀座でクラブホステスをしていた。両親のいるN市に戻ったのは、三か月ほど前のことだ。ひと月ほど両親の家にいて、それから三吉町のマンションを借りている。両親の家は、駅から二キロほど奥に入った、旧家が並んだ一角にあった。もともと、古い街道がそのあたりを通っていて、街の中心地であったらしい。それが、駅ができてから変った。十五年ほど前から工場が進出するようになって、さらに変っただろう。

水野圭子について調べるのは、それほど困難ではなかった。口の軽い同僚の女たちが、何人もいたのだ。

町田との関係を、知っている女もいた。すでに切れている、と思いこんでいるようだった。切れてすぐにN市に帰ってしまった、というところに私はひっかかった。町田の行動はすべて周到だった。自分がいずれ、いまのような状態に追いこまれることは、ずっと前から予想していたのではないのか。とすると、事件発覚直前に沖縄へ行った女は、ダミーである可能性が強い。私はそう読んだ。

待つことは、大して苦にならなかった。二日と二時間、用を足す以外は同じ場所でじっとしていた、という経験もある。私の望む状況が来るまでじっと待つ。仕事の大半はそれだと言ってもいい。

午後の買物客が出はじめていた。大した人数ではない。マンションの三階の右から二番目の部屋。洗濯物がベランダに出ている。それをとりこむ気配はなかった。

さらに一時間ほど待った。ベランダに、女が出てくるのが見えた。私はエンジンをかけ、車を二十メートルほど前進させた。女の顔に見憶《みおぼ》えがあったのだ。女は、しばらく外をぼんやりと眺めていた。はっきりと、顔を確認することができた。

私は、車を海の方へむけた。

水野圭子に密着する方法は、簡単に見つかりそうだった。

夏は海水浴場になるらしい浜辺に突き当たった。道路と砂浜の間には、松林がある。右へ曲がった。

ブルーメタリックのシトロエンCXパラスが、私の眼の前をそちらの方向に走っていったからだ。昨夜の、宇野とバーテンの会話の中に、シトロエンが出てきたような記憶がある。

しばらく走ると、シトロエンは左にウインカーを出した。舗装もしていない松林の中の道に入っていく。しばらく行きすぎたところで、私は車を停めた。

宇野は、海際の椅子《いす》のようになった岩に腰を降ろして、ぼんやり海を眺めていた。背後から近づいた私に、気づいた様子もない。トレンチの襟を立て、くわえたパイプから時々煙を吐き出している。

私は踵《きびす》を返した。見てはいけないものを、見たような気がした。見られたくない姿というのは、誰にでもあるものだ。弁護士なら、街の様子にも詳しいかもしれない。そう思って、なんとなく付いてきただけだった。

車に戻り、Uターンして海沿いの道を走った。道は途中から松林の中に入り、また海辺に出た。

ポツンと一軒だけある、スナックのような店が見えた。ブルーと白のペンキを塗ったコンクリートの建物。カリフォルニアの海岸にでもありそうな店だった。

駐車場には、三台の車が停《と ま》っていた。スペースは六台分ある。

白い、木の扉を押した。

窓が、海にむかって開いている。気候のいい時は、窓の外の石造りのテラスでもお茶が飲めるのだろう。天井からは、三枚羽根の旧式の扇風機がぶらさがっている。

テーブルの席は、ドライブの途中らしい若い連中が占領していた。仕方なく、私は四つあるカウンターのスツールのひとつに腰を降ろした。

カウンターの中にいるのは、黒っぽいセーターを着た、ちょっと小粋《こいき》な女だった。三十をいくつか越えたぐらいか。

「コーヒーを一杯」

女が、にこりと笑って頷いた。スパゲティの匂いがしている。ウェイトレスは、中学生のような女の子だった。

「十分ほど、お待ちいただけますか？」

私は頷き、窓の外の海に眼をやった。ホテルから見る海とも、古いヨットハーバーから見る海とも、どこか違う。

「ビールはありません。ほかのお酒も」

ウェイトレスが、ひとりの客に言っている。洒落《しゃれ》たバラードがかかっていた。聴いたことのない曲だが、悪くはない。店の造りも、悪くなかった。

スパゲティが運ばれていく。

土鍋のようなものに把手《とって》が付いている容器を、女は火にかけた。しばらくして、コーヒー豆を放りこむ。豆を煎《い》るところから、はじめるようだ。

「ピンセットで、薄皮を除いているのかね？」

「これが、香りを駄目にしますのでね」

「驚いたな。なんとなく車で通りかかって入っただけなのに、そんな手のこんだやつを飲めるとは思わなかった」

女は、かすかな笑みを返してきただけだった。私は、また海に眼をやった。ほかと違う海だと思えたのは、コーヒーの香りに包まれていたせいかもしれない。

出されたコーヒーの味は、確かにいいものだった。カップを持ちあげただけで、香りが顔を包みこんでくる。

時計を見た。四時になろうとしている。

ドアが開き、寒そうに肩を縮めた宇野が入ってきた。店の中を見回し、私と眼が合うと、おやという表情をした。やはり、極端なほど顔色の悪い男だ。

「しばらく。十七、八時間ぶりかな」

言ってコートを脱ぎ、宇野は私の隣りに腰を降ろした。

「お知り合いだったの？」

「まあね。きのう、川中の店で」

「ねえ、宇野さん。『ブラディ・ドール』に、沢村明敏が出てるってほんと?」

「どうも、そんな名前のピアニストらしいな。俺は、ただピアノが気に入って聴きに行ってるだけだがね。こちらは、かなり親しいらしいよ」

「ほんとですか?」

「こちらが、一方的に知ってるだけでね」

「それにしちゃ、ソルティ・ドッグなんて、どこから出てくるんだね。あの男、客の酒は受けたことがないって話だぜ」

「ソルティ・ドッグなら、と思っただけさ」

「その根拠は?」

「宇野さん、いかにも弁護士らしいね」

「欠点でね、俺の」

宇野が苦笑した。女がコーヒーを煎りはじめたので、私はもう一杯註文した。

「それにしても、結構劇的だった。ジャズばかり続けざまにやってね、最後に『イン・ナ・センチメンタル・ムード』ときたんだぜ。それから、ピアノに蓋《ふた》をすると、この人のそばにきて、もう一杯いいかだとさ」

「沢村明敏、ジャズを弾いたんですか」

「知ってるのかい？」

宇野がパイプに火をつける前に、私はシガリロに火をつけた。

「十五年も前になるかしら。あたしがやっと高校に入ったころだったから」

「あのころが、全盛だった。コンサートへ行くと、いつもちょっと酔っ払ったみたいな足どりで出てきてね」

「ソルティ・ドッグを飲んでたってわけですね」

「消えちまったんだ、いきなりね。だからいろんな噂が立った」

「弾いてたんですよ、何年かは。クラブ歌手のバックバンドなんかでね」

女は、豆の薄皮をピンセットで除きはじめた。

「この人は、昔歌手でね。それも、売れないクラブ歌手。シャンソンなんかを唄ってたらしい」

「ほう、それがどうしてこんな店を？」

「いろいろあってね。実に、いろいろあった。この場所だって、前は朽ちかかった小屋のような店だった。秋山《あきやま》が建て直したのさ。カリフォルニアふうだと思ったが、やつに言わせるとフロリダふうなんだそうだ」

「秋山というのは？」

「ホテル・キーラーゴの社長。この人は、奥さんさ。それから」

宇野は、そばにきたウェイトレスの腕を掴《つか》んだ。

「これが、秋山の娘の安見《やすみ》。この奥さんとは血の繫《つな》がりはない」

「わざわざ言うことないでしょ、宇野さん」

安見と呼ばれた少女が、宇野の手を振り払った。

「血の繫がりがないくせに、母親に似て気が強くてね」

テーブルにいた若い連中が腰をあげた。

安見は器用にレジを打った。店の中が、静かになった。はじめて、私の耳に波の音が届いてきた。

「薬とお酒でボロボロになって、流行歌の伴奏までしてました。あんなに腕のいい人が、時々音をはずして、若い歌手に睨《にら》まれたりして」

「根も葉もない噂ってわけでもなかったんだな。ほかに、女ってのもあったが」

「女だけですよ。あの人が好きになった女の人が、薬とお酒でボロボロだったそうです。それと同じ状態に、わざと自分を持っていったんでしょう。あたしは、いまでもそう思ってます」

ありそうなことだ、と私は思った。だから私は、ソルティ・ドッグを憶えていたのだ。沢村も『イン・ナ・センチメンタル・ムード』を、最後に弾いた。

「惚れた女がジャンキーだったから、自分もジャンキーに堕《お》ちていっただと」

「宇野さんや川中さんや、うちの主人じゃ考えられないことね。押さえつけて、薬をやめさせるタイプだから」

「女と同じところまで堕ちていくのが、やさしさになるのか」

「いいな、そんな男がいたら」

言ったのは、私たちの後ろに立っていた安見だった。両手に、下げてきたカップとスパゲティの皿を抱えている。

「ちゃんと聞いてるところは、安見くんももう女だな」

「そんなやさしさが必要な時って、人間にはあるんです。意地を張って殴ったり殴られたりするだけが男じゃないわ」

「それは、川中や君のパパに言ってやれ」

「宇野さんだって同じだと思う」

コーヒーが出された。私は、受け皿ごとカップを鼻の下に引き寄せた。

「安見ちゃんって言ったね。高校生かい？」

「中学生です。ほんとうは、こんなところで働いちゃいけないんだけど、ここはあたしのうちだから」

「少年課の刑事が来たら、俺に任せろ」

宇野はコーヒーには構わず、パイプに火をつけようとしていた。

「来ないわ」

「ここだけじゃない。外で悪さをしても、少年課は来るぞ」

「そういう時の責任は、自分でとります」

皿を下げ、テーブルを拭《ふ》くと、安見はカウンターのスツールに腰を降ろした。

「沢村は、多分そんな男だろう」

「ほう、君にわかるのか、ええと」

「叶《かのう》」

「叶さんね。あのピアニストの惚れた女を、見たことがあるの？」

「いや」

私はコーヒーをひと口啜《すす》った。

「俺が聴いた最後のライブのころは、多分もう薬もやってたんだろう。マイクの前で、ソルティ・ドッグをやりながら、沢村はちょっとした語りをやったよ」

安見が、カウンターに身を乗り出してきた。私はもうひと口コーヒーを啜り、シガリロに火をつけた。宇野は、パイプをくわえたまま、ちょっと皮肉っぽい眼《まな》ざしを送ってくる。カウンターの女も、手を止めていた。

「デューク・エリントンの話さ。ジョン・コルトレーンとはじめてセッションをやった時だ。コルトレーンにとっちゃ、デュークは神様みたいなもんだ。緊張して、まったくサックスがピアノに合わない。音が死んじまってるんだ」

「デューク・エリントンが、わざとピアノをはずしてやった。それで、コルトレーンの緊張は解けて、いいセッションになった。『イン・ナ・センチメンタル・ムード』を録音した時のことですわね」

「詳しいな。さすがに元歌手だ」

曲名の発音が、ちょっとバタ臭かった。

私は、コーヒーを半分ほど飲んだ。

「続きがあってね、沢村明敏の話には。マッコイ・タイナーのことさ」

「そっちは知らないわ」

「コルトレーンが『バラード』ってアルバムを作った時だ。今度は、コルトレーンが神様で、マッコイ・タイナーが緊張にふるえてた。それでも、コルトレーンは自分の世界に閉じこもって、サックスを吹き続けた。マッコイ・タイナーは懸命にもがいて、それでしまいにはいい音を出したそうだ」

「つまり、どういうことなんです？」

安見は、ほとんど立つようにしてカウンターに乗り出している。

「わからん。その話を、ソルティ・ドッグをやりながら訥々《とつとつ》と話しただけだよ」

「愛した女のところへ堕ちていくべきかどうか、迷ってた時期だったんじゃありませんの？」

「奥さんの話を聞いた時、そうじゃなかったのかと俺も思った。人生のセッションをどうやるべきか、考えてたんじゃないかとね」

「つまらん話だ」

宇野が、パイプの甘い煙を吐いた。

「デューク・エリントンってのは、神様であり続けたんだろう。そして、あのピアニストは、ジャンキーで地方回《ドサ》りだ」

「いまは、薬はやってないと思う。あれは、薬の入った音じゃなかった」

「だが、神様みたいな真似をして、川中の店まで堕ちてきたことは確かだよ」

宇野が、コーヒーを啜った。私は、短くなったシガリロを揉《も》み消した。

「そういうものを、認めないタイプか、宇野さんは」

「キドニーと呼んでくれ、俺のことは」

「キドニー？　腎臓《じんぞう》かい？」

「ごついキドニーブローを食らってね。滅びに美学を見つけることなど、所詮《しょせん》健康な肉体なるがゆえの甘さにすぎないと、その時から思うようになった」

腎臓を病んでいるのかもしれない。顔色が悪く、むくんだような感じがするのは、それで頷ける。

波の音が聞えた。それがカウンターの中で、皿を洗う音と入り混じった。

5　ソルティ・ドッグ

まだ、店は開いたばかりのようだった。

カウンターにひとり、腰かけている男がいた。客かと思ったが、川中だった。

私は、ボックス席へ行くべきかカウンターへ行くべきか、束《つか》の間《ま》迷った。バーテンの笑みに誘われるように、カウンターに足がむいていた。

「ジン・トニック」

「きのうと同じ作り方で、よろしいでしょうか？」

バーテンの口調は、昨夜と同じように折目正しかった。

「川中です」

真直ぐに私に眼をむけて、川中が自己紹介した。私も、自分の名を告げた。

「開店前に、ドライ・マティニーを一杯やるのが、習慣でね。それも、シェイクしたやつをね」

「シェイクしたドライ・マティニー。映画で観《み》たような気がするな」

「映画とか音楽とか、かなり好きみたいだね」

「好きか嫌いかと言われれば、好きな方に入る程度かな」

「うちのピアニストに、何曲も続けてジャズを弾かせたって話じゃないか。坂井から聞いたよ」

バーテンの名前は、坂井と言うらしい。ソーダとトニックウォーターが、ハーフ・アンド・ハーフのジン・トニックが、カウンターに置かれた。

「いつか、あのピアニストを知ってる人間が現われるだろうと思ってた。それで、ポスターを作って入口に貼ったりしたんだ」

「俺のような男で、興醒《きょうざ》めだったかな」

「すごい美人が現われると想像していたわけでもないが」

「十五年前、あの人のライブに出かけていったことがある」

私はシガリロに火をつけた。女たちの姿は、まったく見当たらない。六時半を回ったばかりだ。どこかに控室のようなものがあって、そこで待機するシステムになっているのか。入った店に、女だけがズラリと並んでいる姿は、気持のいいものではない。

「うちのマネージャーが、君には気をつけろと注意してきた」

川中は、二杯目を作るように坂井に合図し、私の方を見てにやりと笑った。笑うと、どこかに少年のような印象がある。

「タキシードを着た男だね」

「藤木という。昔は、やくざだった。どうも、同類を嗅ぎ分ける鼻があるらしいんだな」

「俺は、やくざじゃないがね」

「人を殺したことぐらい、あるだろう」

川中はあっさりと言ってのけた。私はジン・トニックを口に運んだ。

「気をつけろというのにも、いろいろあってね。ただ教えてる場合もあれば、命を狙われてるぞという意味の時もある。君の場合は、おかしなのが紛れこんできてる、と教えてくれただけさ」

「それを、なぜ俺に？」

「どんなふうにおかしいのか、ただ見物してちゃ悪いと思った」

坂井が、カクテルグラスにシェーカーの中身を注いだ。量はぴったりと決まっている。川中は無造作に手をのばすと、二口できれいにあけた。

「沢村明敏は、今夜も出るのか？」

私は坂井の方へ顔をむけた。麻の布でグラスを磨いていた坂井が、近づいてきた。

「七時過ぎには、来ると思います。演奏の方は、何時になるかわかりませんが」

「時間が決まってるわけじゃないんだね」

「まあ、その日のコンディションによる、としか申しあげられませんね」

「弾きたい時に弾く。その方がいい演奏を聴かせてくれる、と俺は思ってるよ。だから、客が無理に弾けと言っても、大人しく従う必要はない、と言ってある」

「泥沼から這《は》いあがろうと、必死なのかな」

「どうして、そう思う？」

「演奏を聞いて、感じただけさ」

「楽器をいじったことは？」

「ないよ」

「銃はうまそうな指をしてるね」

「指で打つのかね、銃ってのは？」

「標的紙を撃って、いい点を取ろうと思った時はね」

川中が笑って煙草をくわえた。坂井がライターの火を出してくる。

「シガリロやシガーの場合は、火を出すな。そう言ってあってね。他人の出した火でつけられるのは、紙巻ぐらいのもんさ」

「凝った店だよ、まったく」

入口で、ボーイたちの声がした。七、八人の客が入ってくる。席へ案内したのは、タキシードを着た藤木という男だ。奥から、女たちも現われ、賑《にぎ》やかになった。私は水野圭子の姿を捜した。黒いロングドレス。鎖骨の線のきれいな女だった。仕草は控え目で、あまり目立たない。

「女の子、呼ぶかね。カウンターに呼んでも構わんよ」

「これで全部か？」

女は十人ほどだった。きのうはもっと人数が多かったような気がする。

「あと十人ほどいる。客が入れば、出てくるはずだ。全員の品定めをしてから、選ぶかね？」

「任せるよ、あんたに」

シガリロを揉み消した。川中が通りかかったボーイに耳打ちをした。

「あの黒いドレスの女だ。映子《えいこ》という。夕映えの映さ」

私の視線に気づいたのだろうか。それとも、好みの当て推量をしただけなのか。まだ席に着く前だった水野圭子が、私たちの方にちょっと視線をむけた。それからゆっくりと歩いてくる。

「映子です」

お辞儀をして、私の隣りのスツールに腰を降ろした。ちょっと緊張したような表情だった。社長の川中に呼ばれたからかもしれない。私は、映子の白いエナメルのマニキュアに眼をやった。

「お見合いするみたいに固くなるな。叶さんといわれる。職業はなんだかわからん。俺が相手じゃ、色気がなさすぎると思ってね」

そばに来ると、思ったより小柄だった。ロングドレスが、長身に見せているのかもしれない。

「この街の方ですの?」

「東京からさ」

「きのう、沢村さんに、ソルティ・ドッグを飲ましちまった男だぜ」

「ああ。じゃ、きのうもここにお掛けになってましたわね」

「沢村さんは、この子が気に入ってててね。いろんな用事も、この子にしか頼まん。また、いやがらずにやってくれるんだ」

「彼のピアノ、好きかね?」

「好きです。よくわかってないんじゃないかとは思うんですけど」

「この社長は?」

「えっ」

「好きか嫌いかというと、嫌いな部類に入る男だろう」

「そんな」

「俺も、多分そんなタイプだよな」

「苛《いじ》めんでくれよ、叶さん。映子は、勤めはじめてまだ二か月だ」

「冗談さ」

なにか飲むか、と訊くと映子は黙って頷いた。決まった合図があるらしい。坂井は素速くトム・コリンズを作った。

「できるだけ、お客様と同じようなものと思っておりますんで」

コリントグラスを映子の前に置きながら、坂井が笑った。

「俺はこれで」

川中が立ちあがった。立って見送ろうとする映子を、川中が手で制した。

「今夜も、あの人がジャズを弾きたくなればいいと思ってるよ」

「弾くさ」

「クリスマスには、クリスマスの曲ばかり機械のように弾いてた。それからは、客の註文する曲ばかりだ。本格的にジャズを弾いたのは、きのうがはじめてだったんだよ」

「俺が入ってきた時、十五年前に聴いた曲をやってたぜ」

「時々さ。弾くものがなくなると、ジャズを弾く。そんな感じだったんだ」

ちょっと片手をあげて、川中は出ていった。坂井が、素速く川中のグラスを下げる。

「なぜ、シェイクしたドライ・マティニーなんだ？」

「なぜとおっしゃっても、それが社長の好みですので」

「毎日、開店前にここで一杯か。気障《きざ》なもんだ」

映子の視線が、ちょっと動いた。沢村が店の奥から顔を出したようだ。

「ピアニスト、君に用事じゃないのかな」

「仕事中です、あたし。お客さまの様子を見て、弾くかどうか決めるつもりなんですわ」

「この街の出身かね？」

「ええ」

「昔は、のんびりした街だったらしいね。それがすっかり都会になっちまった。都会といっても、東京とはずいぶん違うが」

「そういうものでしょう、多分」

「ずっと、この街で暮してるのかい？」

「途中、東京に出たりはしましたけど」

「鎖骨の線がきれいだと、よく言われるだろう」

映子は、ちょっとほほえんだだけだった。二十八歳のはずだ。町田とできたのは、二十六の時ということになるのか。銀座でも、充分に客を惹《ひ》いた女だろう。

沢村明敏が出てきた。ピアノにはむかわず、カウンターの方へ歩いてきた。

「最初に、一杯いただいてもいいですかな？」

「どうぞ」

坂井が素速くスノースタイルのグラスを作った。シェーカーを振る音。トロトロと、黄色っぽい液体がグラスに満たされていく。

「ここの社長は変ってたね」

「そのようですね。俺はよく知らないけど」

映子を挟んで腰かけるような恰好になっていた。映子は、客である私の方に上体だけむけている。沢村は、グラスの足を指さきで持つと、私にむけてちょっと翳《かざ》した。

「前に、会ったことがあるのかな？」

「会ったというより、観たって感じかな。ソルティ・ドッグを飲《や》りながら、語りも入ったライブ」

「なるほどな。ここの社長と同じだ」

「川中さんも」

「聴きにきたそうだ。東京で鬱々《うつうつ》としていた、と言ってたよ」

私は、二杯目のジン・トニックを頼んだ。藤木が通りかかって、軽く頭を下げる。

「熱海《あたみ》のホテルで、ピアノを弾いてた。その時、いきなり『イン・ナ・センチメンタル・ムード』をやれと言った客がいてね」

私と川中は、共通した体験を持っているということなのか。

「やったんですか？」

「断ったよ。というより、無視してほかの曲を弾き続けた。あとでテーブルへ行って、ピアノが気に食わないから弾けなかった、と言っちまった。そしたら、ひと月ほどして、ここへ呼ばれた。あのピアノが用意してあったんだ」

「前は、ピアノはなかったのかな」

「あたしが勤めはじめたころは、ありませんでした。あそこ、ステージみたいに使われて、歌手が入ってましたわ」

骨董品《こっとうひん》のようなアップライトピアノだ。その分だけ、風格もある。音の素朴さも悪くなかった。グランドピアノを入れるスペースは充分にありそうだが、彫刻を施したアップライトの方が、古いジャズの雰囲気でもある。

「私が呼ばれた時、あれを社長が弾いててね。雨だれみたいに、『赤とんぼ』を弾いてたんだ」

「その童謡を、のったりとうたってるボーカルがいたな。日本人の女で。俺は、それも嫌いじゃなかった。途中から『フライ・ミー・ツゥ・ザ・ムーン』に変っていって」

「私は、それこそもっと昔のことを思い出したね。妙な演奏だった。ポッポッと子供が弾くようで、それでいて、変に心をくすぐるんだ。雨だれだったからかもしれないが」

「その演奏に共鳴しちまった、というわけですか?」

「それにピアノだ。社長が指で押さえるだけで、なんとも言えない音を出してた」

「年代物だな」

「日本の古いジャズメンたちが、あれでいい演奏をしている。調べてみてわかったことだがね。楽器というやつも、命を持っている、と私は思ってるんだ」

「死にかかっていたやつが、ここで生き返ったのかな」

「私より、もっと生かしてやれる弾き手がいるだろう。きのうまで、そう思ってたよ」

楽器に、あまり関心を持ったことがなかった。子供のころは、高価な楽器を与えられる環境になかったし、成長してからは、楽器をはじめるには遅すぎると、自分で決めてしまっていた。

BGMが、いつの間にか流れていた。控え目な音量だ。客がさらに二組入ってきて、店の中は賑やかになった。女の子たちも、全員出てきたらしい。

「映子ちゃん、唄は？」

「駄目です。全然。音楽を聴くのは好きなんですけど」

「この子は、なにかわかってると思うね。なんとなく弾いていて、ある時、ピアノに誘われた。誘われたとしか言いようがないが、夢中で弾いてしまったんだ。その時、この子だけが拍手したよ」

笑うと、沢村の顔の皺《しわ》は深くなった。もう六十を越えたのだろうか。見た感じでは、とっくに越えたように思える。

「おいくつでしたか？」

「五十六」

「俺が聴いたのは、四十そこそこの演奏だったのか」

四十そこそこで、この男は女と一緒に堕ちようと思い定めることができたのだろうか。オールバックにした髪は少なく、ほとんど白い。眼の光も、死を恐れなくなった老人のように穏やかだった。

「もう一杯、いかがですか、沢村さん」

「そうだね。二杯で弾けなくなることはないだろう」

「演奏中に、もう一杯届けますよ。この子に、映子ちゃんに運んで貰います」

「三杯はきついな」

「デューク・エリントンの話をした時、沢村さんは三杯飲みました。どうでもいいことだけど、なんとなく三杯飲んだ時の演奏を、俺は聴いてみたい」

坂井が、二杯目のソルティ・ドッグを作った。私はジン・トニックのお代りを頼んだ。

映子は、グラスにちょっと口をつけているだけだ。

6　標的

沢村が運転する甲虫《ビートル》が、店の裏手に停った。

助手席に乗りこんだのは、映子だった。十二時を十分ほど回っている。

私が店を出たのは、十時ごろだった。沢村のピアノは八時ごろからはじまり、九時半まで続いた。途中で映子に持っていかせたソルティ・ドッグを、沢村はひと息であけた。沢村は、デキシーからフリージャズあたりまでの曲を、手当たり次第に弾きまくったという感じだった。エネルギーというよりも、衝動的なものを、私は強く感じた。やはり、どこか錆の浮いたような演奏でもあった。

生き返ろうとしている。それははっきり感じられた。それ以上は、わからなかった。人はなんのために生きようとするのか。それがわからないのと同じだ。

九時半になると、沢村は不意に演奏をやめ、額の汗をハンカチで拭《ぬぐ》って立ちあがった。客の方など見むきもせず、そのまま奥へ消えた。はじめてきた客は、沢村を専属のピアニストだとは思わなかっただろう。

三十分ほどして、私は店を出た。看板は十一時四十五分だった。港の近くの安酒場で時間を潰《つぶ》し、十一時半には『ブラディ・ドール』の近くまで戻ってきた。

沢村のビートルは、バタバタと空冷特有の音をたてながら、私の車の横を走り去っていった。テイルランプが小さくなってから、私は車を出した。

三吉町の方へ、真直ぐむかっていく。

沢村が映子を送ることを、さほど意外だとは思わなかった。映子の方はわからないが、沢村は映子に魅《ひ》かれているのだろう。ピアノの音の中に、私ははっきりとそれを感じた。

演奏は、客のためでも、私のためでもなかった。映子ひとりにむかって、すべての音が集中していた。映子も、それは感じたはずだ。

老いた雄の叫び。ある部分で、映子はそれを受け入れたのだろう。どこまでを受け入れ、どこからを拒絶するのか。いずれにしても、沢村と映子は、まだ男と女の関係ではない。

三吉町まで、大した時間はかからなかった。マンションの前。映子だけが車を降りてくる。

二人の仲を確かめるために、私は尾行したのではなかった。沢村の存在は、私の仕事に直接関係あるものではなかった。ちょっと頭を下げて、映子がマンションに入っていく。私はそこで、何時間か粘ればいいはずだった。町田が訪ねてくる可能性は強いとは思っていない。むしろ、映子がもう一度外出するかもしれないと考えていた。

私は、車を出していた。尾行する必要もない、沢村のビートルを追った。

妙な気分に襲われていたのだ。言葉では説明できなかった。無意識に、私は自分のほんとうの狙いを、はぐらかそうとしはじめていた。

皮膚をなにかが刺してくる。それだけのことだ。気のせいかもしれなかった。それを確認するように、私はスロットルを踏みこみ、車に荒々しい力を加えた。ビートルのテイルランプが近づいてくる。それよりもっと速いスピードで、背後に無灯火の車が迫ってきて、いきなりライトを点灯した。次の瞬間、その車は加速して私と並んだ。私はギアを二段落として、エンジンブレーキで減速していった。追ってきたのは、私が乗っているのと同じスカイラインGTSだ。

前に出た車のブレーキランプが点灯した。左に寄せて、私は車を停めた。ライトは消さなかった。降りてきたのは、タキシード姿の藤木だった。

「なんの真似だ」

私も車を降りた。

「店のマネージャーとしてでなく、喋らせて貰う」

言って、藤木はボータイを引き抜いた。

「先生に、なんの用なのか?」

「先生って、沢村明敏のことか?」

「無駄話は好きじゃないんだ」

「俺もさ。夜中に、いきなり車で仕掛けられるのも、好きじゃない」

「質問に、答えてくれないか」

「川中も承知していることか、これは?」

「社長には、何の関係もない」

私はちょっと右へ動いた。藤木の片手が反応しただけだった。

眼が合った。お互いにそらさなかった。空気が張りつめてくる。隙はない。しかし殺気も見せようとしない。

「物騒な街だな、まったく」

「あんたを、どうこうしようという気はない。ただ、先生になんの用なのか、知りたいだけだ」

「ボディガードでも頼まれてるのか、沢村明敏に？」

「いや」

「じゃ、なぜだ？」

「社長が連れてきた、大事な人だからさ」

「わからんな。俺にはどうもよくわからん。なぜ、君が出てくるんだ？」

「この街で、先生がおかしなことになる。それは困るんでね」

「俺が、沢村になにをした？」

「尾行《つけ》たよ」

「偶然さ」

喋っていなければ、お互いの間に張りつめた空気が、裂けてしまいそうだった。裂けた時は、どちらかが倒れている。あるいは、裂けただけで、何事も起こらないかもしれない。

二人とも、それを試そうとはしていなかった。

「やめないか、藤木」

「質問に答えて貰ったら」

「答える気はない。君が言い掛りをつけているだけだ」

藤木の姿勢が、ちょっと低くなった。まだ、殺気は肌を打ってこない。押し殺したような息遣いが聞えるだけだ。私は、左右にちょっと躰を振った。誘いに乗ろうとはしてこない。

タクシーが、横を走り抜けていった。張りつめた空気が、しばらく震動していた。それが鎮まる。再び、息遣いだけになった。

じりっと、私は距離を詰めた。

ガラスがふるえるように、空気がふるえた。左足だけを、私はさらにじりっと進めた。藤木が退《さ》がる。誘い。乗った。空気に、亀裂《きれつ》が走った。退がったと見えた藤木の躰が、ずいと前に出てくる。風。耳を掠《かす》めていく。

お互いに、跳《と》び退《すさ》っていた。かすかに息が乱れている。

「簡単に、勝負がつくとは思えんな、藤木」

「そうだな」

「俺はやめるぜ。無駄な勝負だ」

「俺も、やめよう」

藤木の躰から殺気が滲《にじ》み出したのは、踏み出してきた瞬間だけだった。闇の中の獣のように、藤木は躰の内側に殺気を潜ませている。

「はじめから、やる必要はなかった」

額に汗が浮き出している。熱を奪いながら、それが急速にひいていく。

「狙いは、ほんとうに先生なのか？」

「俺が、なにを狙ってると思ってる？」

お互いに、距離は詰めなかった。三メートルほどの間を置いて、静かに言葉を交わした。はじめて、私の耳にエンジンのアイドル音が届いてきた。

「社長や先生を狙っているのでないかぎり、俺は無関係だよ」

「なら、はじめから無関係だな」

「先生を尾行《つけ》た理由は？」

「勝手に想像してくれ」

「わかった」

「俺は多分、これからも店にピアノを聴きにいくだろう。女に手を出すかもしれん。普通の男がやることとさ。俺がこの街に会いに来た人間が、『ブラディ・ドール』と直接関係ないだろうと思うから、それができる」

「全部、信用しようとは思わん」

「それも、勝手にしろ」

「俺が、素人《トウシロ》じゃないことは、わかって貰えただろうな」

「はじめから、わかってたさ」

藤木の表情は、まったく動かない。ヘッドライトの光の中で、皺の一本まで見えるようだった。

騙《だま》しおおせたのだろうか。私の狙いが、沢村ではなく、映子だということを隠しおおせただろうか。映子から町田を辿《たど》っていく。いまのところ、この街ではほかに動きようがない。

「あんたの狙いが俺だったら、もっと落ち着いて構えていられたんだがな」

「おたくの社長には、軽率なところがありそうだからな」

「確かに、あるよ。自分の命に対して。それが、あの人の魅力でもある」

「君に抱いたほどいやな感じを、川中には抱かなかった」

「似ているからだろう、あんたと俺は」

「かもしれん」

私はほほえんだが、藤木の表情は動かなかった。

「お互いに、車に戻ろうか」

「そうしたいね。かなり冷えこんでる」

藤木の方が、さきに背をむけた。

私は車に戻り、暖房を全開にした。藤木の車は、もう走り去っている。ゆっくりと車を出した。橋を渡り、産業道路を通って港に出た。そこから海沿いの道を四キロほど行けば、ホテル・キーラーゴだった。

途中まで走って、尾行がないことを確かめてから、私は三吉町の方へ引き返した。

映子の部屋には、まだ明りがあった。

三十分ほど見ていると、カーテンのむこう側で人影が動くのがわかった。

明日からは、方法を変えた方がいいかもしれない。藤木の眼がある。坂井も、一枚嚙《か》んでくるかもしれない。

午前四時まで、私はそこで粘っていた。

7　臍《へそ》

晴れた日だった。

朝食と昼食を一緒に済ませることにした。ホテル・キーラーゴのメインダイニングのコックは、魚料理の方が得意なのかもしれない。私は、血の滴る肉と格闘する破目になった。

「失礼いたしました」

紺のスーツの男。なぜ私に謝りにきたのか、よく理解できなかった。

「所用で、シェフが出かけておりまして、大変なものをお出ししたようで」

「肉のことかな?」

「そうです。どうも、エイジング中の肉をお出ししてしまったようだと、シェフが戻って申しております」

この男が、多分秋山だろう。安見の父親であり、『レナ』の女の亭主ということになる。

「確かに、血の滴る肉で閉口していたことはいたが。こういう肉を好んで食べる人もいるんじゃないかと、なんとなく思ってましたよ」

「あと一週間は、寝かさなければならない肉だったようです。言い訳にはなりませんが、わかる人間がたまたま二人とも場をはずしていまして。昼間、このような御註文《ごちゅうもん》を頂戴《ちょうだい》するとは考えなかったようです」

「躰《からだ》に悪いんですか?」

「いえ、そのようなことは。ただ、味の方が芳しくないのではないかと」

この男の慇懃《いんぎん》さは、藤木や坂井とはちょっと違った。ホテルマンとしての、職業的なものが感じられる。

「構いませんよ。もう半分食っちまった」

「シェフが、自分で焼いたものを、そこまで持ってきております。皿を替えさせていただけないでしょうか」

私は頷《うなず》いた。昼食の肉などどうでもいいようなものだったが、受けないことにはまだ慇懃な言葉が続きそうだった。

新しい皿が差し出された。シェフらしい初老の男が、深々と一礼した。

すぐにナイフを入れた。ナイフが肉に入っていく時から、違う感触だった。味もずっといい。

ナイフとフォークを置くと、また秋山が近づいてきた。屈強な男だろう。仕立のいいスーツに隠されているが、年齢の割りには引きしまった躰だ。秋山は私に名刺を差し出すと、コーヒーの準備をしているボーイを呼んだ。私は、秋山に椅子《いす》を勧めた。

「家内が、岬の近くでコーヒーの店をやっておりましてね。そこのコーヒーと同じものです」

「行きましたよ、きのう。海岸沿いを走っていて、偶然通りかかりましてね。ピンセットで薄皮を除いてしまう、丁寧な淹《い》れ方でした」

「私が教えましてね」

「お嬢さんもおられたな」

いい香りが漂ってきた。私はシガリロに火をつけた。

「あそこでアルバイトをさせておけば、まず安心ですから」

「ロケーションといい、なかなかいい店でした。弁護士の、宇野という人も来ていた。キドニーと呼んでくれと言ってましたが」

「交通事故で、腎臓《じんぞう》を二つとも駄目にしたそうです。いまも、人工透析というやつを三日に一度やっているようですよ」

「それで、ごついキドニーブローってわけか。なかなかいいニックネームだと思いました」

口もとだけで、秋山がほほえんだ。私に椅子を勧められることを予想していたのか、コーヒーは二人分だった。

「いかがですか、この街は？」

「海が、いいですね」

コーヒーは、『レナ』と同じ味がした。

「ただ、広すぎるな」

「人口がこの程度ですと、郊外に拡《ひろ》がっていくのは仕方ないことでして」

「いまの俺にはです。人を捜さなくちゃならない」

「それなら、狭ければ狭いほど都合がいいわけですね」

秋山は、私が誰を捜しているのか、関心を持ったようではなかった。煙草《たばこ》に火をつけ、うまそうにコーヒーを口に運んだ。

「奥さんが店をやっておられるあたりも、なかなかいいところだと思いましたよ」

「海流の関係で、真夏でも遊泳禁止でしてね。海水浴場は、岬のさらにむこう側に行った砂浜になります」

「それはいい。窓の外の景色が、水着姿の男女とビーチパラソルじゃ、台無しになっちまう。サンタバーバラあたりにありそうな店だと、なんとなく思いましたよ」

「想定したのは、フロリダの方でしてね。私はフロリダでホテルをやってたんですよ。それを畳んで、ここに戻ったんです」

「キーラーゴ？」

「すぐ近くでした」

私はコーヒーを鼻のそばまで持っていった。メインダイニングの中には、十組ほどの客がいた。通りがかりに、昼食だけとっていく客もいるようだ。

「奥さんは、昔歌手をなさっていたそうですね？」

「売れないクラブ歌手ですよ」

「沢村明敏の昔を、御存知らしい。世間からは忘れられた男で、『ブラディ・ドール』のピアノ弾きをやってますよ」

「らしいですね。そんなに腕がよかったピアニストですか？」

「一流だったでしょう。あくまで昔のことですが」

「私が日本にいないころに、活躍したピアニストなんですな」

秋山が、海の方へ眼《め》をやった。晴れているが、風が強いらしく、海は荒れていた。波頭が砕けて、白く泡立っている。

秋山が、ほんとうに料理の不手際を経営者として詫《わ》びようとしているのか、個人的に私に関心を持ったから話しこんでいるのか、判断はつかなかった。私のことを穿鑿《せんさく》してこないのは、さすがにホテルマンだ。

二人とも、もうコーヒーは飲み終えている。正午を回ったせいか、メインダイニングの中はさらに客が多くなってきた。ほかには軽食とコーヒーを出すラウンジと日本料理店が地下にある。

「あの『レナ』は、もともと川中の持ち物でしてね。御存知ですね、川中は？」

「昨夜、彼の店でちょっと話しました」

「倒れかかった小屋みたいな店でした。そこを菜摘《なつみ》が任されていて。菜摘というのは、家内の名前です。万葉集から付けられたらしい。私の娘も、万葉集から名前を取りましてね」

「そちらの方面に詳しいんですか？」

「殺された前の家内が、好きだったんですよ。殺されたのは日本ではなく、フロリダででしたが」

「実の母娘《おやこ》のように、見えないこともなかった。奥さんと安見くんは」

新しい煙草に火をつけ、秋山はまた海の方へ眼をやった。

「日本の海もいいものですよ。カリブ海ほど明るくはないが。それでも、ここは日本では温暖な地方ですから」

「人も、のんびりしているような感じがする。このホテルからさらに四キロほどのところに、古いヨットハーバーがありますね。老人がひとりで、ポツンと番人をしてました」

「蒲生《がもう》さんか」

秋山の口もとが、ちょっと綻《ほころ》んだ。

「ここの海を、庭のように知り尽した老人ですよ。それこそ、暗礁のひとつまで詳しく知っている」

「ハバナ産の葉巻が好きらしい」

「もうひとり、当ホテルのクルーザーの艇長も、ハバナ産には目がありませんでね。二人でいつも奪い合いを愉《たの》しんでますよ」

若い男女が、席を立つ時、秋山に頭を下げた。秋山は、ちょっと腰を浮かし加減でそれに応じた。部屋数からいって、シーズン中もレストランがそれほど混雑することはないだろう。

「酒は、叶さん？」

「適当にやりますよ」

「当ホテルのバーには、そこそこのものが揃《そろ》っておりますよ。ワインセラーも、一応はお見せできるものがあります」

「高級な食事や酒には、縁のない生き方をしてきましてね」

「まあ、川中の店のように、女の子がいるというわけではありませんが」

「気がむいたら。『レナ』のコーヒーは、毎日でも飲ませていただきますよ」

「菜摘の前には、坂井があそこにいました。その前は、藤木がね」

「ほう」

「あなたがどんな様子か、さりげなく見張ってくれ、と藤木に頼まれています」

「なぜ、それを言うんです？」

「藤木は藤木だ。私とは違う。黙って見張るというのが、なんとなく気が進まなかった。そういうやり方が、好きじゃないんです。だから、あなたには伝えておきます」

秋山が、また口もとだけで笑った。私は二本目のシガリロに火をつけた。

「藤木の、人を見る眼は確かです。ただ、やり方は好きじゃない」

「俺が、なにをしようとしている、と秋山さんは考えているんです？」

「さあ。あまり関心はないな。あなたを誰が訪ねてきたか。何時ごろホテルへ戻ってこられたか。それを藤木に教えてやるだけです」

「昨夜は四時を回ってた。いや、今朝というべきかな」

「あなたのなにが気になるのか、藤木はなにも言いません。なにかあった時は、ひとりで片をつけようとするでしょう。忠告めいた言い方になるかもしれないが、危険な男ですよ」

「藤木と関係ある人間に、私がかかわった場合の話でしょう？」

「特に、川中にね」

「なるほど」

「これから、外出なさいますか？」

「それまで、報告しなくちゃならんのかな？」

「とんでもない。お暇なようだったら、クルージングなどどうかと思いまして。ちょっと荒れた冬の海というのは、なかなかいいものですよ」

「船には、強いのか弱いのかわからない」

「試してみるのもいいですよ。ちょうどいい荒れ具合だ」

「次の機会にしましょう。忙しいのか忙しくないのか、自分でもよくわからんのですがね。やることを捜さなくちゃならないようだ」

ナプキンを畳み、テーブルに置いた。秋山も立ちあがった。

レジでサインをしようとすると、丁寧に勘定を断られた。

「肉を間違ったのは、わざとですか？」

「そう思われても仕方がないところはありますが、ほんとうです。シェフがちょっとはずした隙《すき》でした。十一時半というのは、微妙な時間でしてね」

私の後ろに立った秋山が笑った。

部屋には戻らず、そのまま駐車場へ行った。エンジンをかけ、駐車場を出る。尾行はなかった。

クルージングをしてもいいようなものだった。映子に狙《ねら》いをつけるのなら、多分夜までなにもやることはないだろう。ただ、手が空いている時間に、もうちょっとこの街のことを調べておきたい。

ちょっと迷ったが、電話帳で調べた、宇野の事務所の前で車を停《と》めた。

入口のドアを押すと、秘書らしい女の子が顔をあげた。

「約束はない。会ってくれるかどうか、名前だけ宇野さんに告げてくれないか」

秘書が腰をあげ、奥の部屋へ入っていった。すぐに戻ってきて、どうぞという仕草をする。

宇野は、十本ほどのパイプをデスクに並べて、モールクリーナーで掃除をしていた。どれも、なかなか凝った品だ。

「退屈してたところでね。大きな訴訟を、先週ひとつやっつけた。気がつくと、離婚訴訟だとか、交通事故とか、軽い仕事はみんな断っちまってたんだ」

私は、勧められた応接セットに腰を降ろした。

「このパイプ、なかなかのものだと思わないか。デンマークの職人が作ったもんでね。木目が、実に微妙な走り方をしてる。俺は、完璧《かんぺき》なストレートグレインなんて嫌いでね。どこかに破綻《はたん》がある方が面白い。まるで人生みたいな感じでね」

「情報を集めてるんですよ」

「ほう、情報ね」

「この街の裏を仕切っているのは、どこの組織ですか？」

「また、直接的な質問だな。県警の捜査四課に行けば、そんなことはすぐ教えてくれるぜ。つまりは、警察は嫌いなんだ」

「好きとは言えない」

「美竜会《みりゅう》。何度も名前が変ってて、もとは佐々木《ささき》組なんて時もあったな。はびこるのにちょうどいい街なんだが、飲食店関係がまったくなびかなくてね。鳴かず飛ばずの組織ってとこかな。それもこれも、川中ってひとりの頑固者がいるせいだ」

私はシガリロに火をつけた。

秘書の女の子が、コーヒーを運んできた。

「なんだい、こいつは？」

「コーヒーさ」

「そいつはわかってる。この匂《にお》いはなんだ、と訊《き》いてるのさ」

「通常の倍近い時間、煎《い》った豆を挽《ひ》いた」

「わざとかね？」

「こんな真似《まね》を、わざとやる人間がいると思うのか、俺以外に」

「なるほどな」

「なにが？」

「かなり臍《へそ》が曲がってる」

「健康な人間を、信用してないだけだよ」

音をたててパイプに息を通し、キドニーが笑った。私は、眼の前に置かれたコーヒーを、脇へやった。それで、炭くさい匂いは遠ざかった。

「面白いところへ、出かけてみないか」

「案内してくれるのかね」

「多少、金はかかるがね。俺の睨《にら》んだところじゃかなり持ってるはずだ。依頼人の懐具合を、見誤ったことはない」

「俺は依頼人じゃないよ」

「似たようなもんさ」

キドニーが腰をあげ、ロッカーからコートを出した。

8 賭場《とば》

　車で三十分ほどのところだった。東京と違って渋滞はなく、信号の数も少ないから、距離はかなりきている。

　キドニーが前方の看板を指さした。

「おい、宇野さん」

「心配するな。俺がホモに見えるか？」

　私は右にハンドルを切って、モーテルの駐車場に車を入れた。玄関口で部屋のキーを抜きとるようなシステムになっているらしいが、キドニーは直接キャッシャーの窓口へ行った。映画館の切符売場とでもいった感じだ。

　しばらくして、奥から男がひとり出てきた。

「先生、後ろの方は？」

「俺の友だちさ」

「困りますよ」

「なにが？」

「秘密の場所なんですから。窓口で顔を確認して、身もとがわかってる人間しか入れないこと、知ってるでしょうが」

「だから連れてきた。顔を覚えといて、次からはひとりの時も通してくれ」

男はちょっと肩を竦《すく》めた。奥へ通される。照明が落としてあって、廊下は暗かった。

突き当たりの奥の部屋。壁に鏡はなく、回転ベッドなどもなかった。テーブルが二つと椅子。なんに使われるものか、ほぼ見当がついた。

「この街の賭場《とば》ってのは、こんなものさ。これでも官憲《かんけん》の眼を気にしてて、なにかあった時のために弁護士を雇っておこうってんだ」

壁際にも椅子が並べられている。二十人ほどは入れるだろうか。

「こういうところで、一番危険なのはなにか、当然わかってるんだろうな、成田《なりた》？」

「まあ、負けた客の密告《チックリ》ですかね」

成田と呼ばれた男には、街の商店主のような雰囲気があった。同時に、筋者《すじもの》の気配も持っている。ただ、藤木とどう較《くら》べてみたところで、狼《おおかみ》と狐《きつね》だった。

「非常口のそばだったな」

「逃げるためだけじゃなくて、こっちの客はそこから出入りして貰《もら》おうと思って」

「部屋そのものに、法的にひっかかるところはないようだな。ただ、集まる人間がモーテルの客だとまずい。つまり、モーテルそのもので賭場をやってると思われかねないからな。この部屋を、特別に賃貸に出すんだ。その権利関係の証書を、しっかり作っておく」

「誰に貸せばいいんです？」

「懲役に行きたいってやつにさ。どんなチンピラでも構わん。そいつは、賭場で儲《もう》けた経済力があることになるからな。もうひとつ、美竜会でそいつからカスリを取ってるようにしろ。そいつに、その種の帳簿を付けさせるかたちにすればいい」

「わかりました。うちで無駄めし食ってるのをひとり出しましょう」

「組員じゃ駄目だぞ、成田」

成田が頷いた。

私は、部屋の隅のキャビネットに眼をやった。それと照明の具合をよく見較べると、キャビネットがなんのためにあるのか、はっきりとわかる。

「見ろ、素人にも気づかれたじゃないか」

「キャビネット、ですか？」

「素人でもないのかな。この男が現われた時は、あんまり無茶ないかさまはやらんことだな」

「どうすればいいですか、キャビネット？」

「捨てちまえ」

それで用事が済んだのか、キドニーは部屋を出て行った。

「先生、あっちでお茶でも」

「俺に、飲物は勧めるな。これは忘れるなよ。俺は、一日に一杯、うまいコーヒーを飲むだけにしてるんだ」

玄関口まで、成田が見送ってきた。

「まったく田舎やくざが。あんなふうだから、川中にでかい顔をさせちまうんだ。あいつらがしっかりしてりゃ、川中はここまで大きくはならなかった」

車の中で、キドニーはパイプに火を入れた。甘い香りが車内を満たす。

「俺は、街にはドブ泥みたいなもんが必要だって説でね。競輪とか競馬とかじゃ駄目なんだ。うさん臭い連中が、秘密の愉しみを味わえる場所ってのは、あんなとこさ」

「あんたが胴元《どうもと》って雰囲気だったよ。あそこに出入りすりゃ、この街の裏の情報は大抵わかるってことだな」

「まあな」

「あんたはやらんのか？」

「博奕《ばくち》ってのは、健康な人間の病気さ」

海岸沿いの道に出た。街の方へ真直《まっす》ぐ戻れば、途中に『レナ』がある。

「この間、街の中のマンションでケチな賭場を開いて、摘発された。俺が弁護を担当して、懲役にひとりだけ行けばいいようにしてやったんだ。それから俺は、やつらの救いの神なのさ」

パイプの煙がひどいので、私は窓をちょっと開けた。風には、潮の香りが強かった。

「大規模な工場が、いくつも出来た。そこで働く人間も大量に流れこんできた。人間の醜さとか弱さとか、そんなものも同時に流れこんできたはずなんだ」

「そして、弁護士という商売も繁盛する」

「いまだって、繁盛してる。俺はこの街があるべき姿じゃないということを言ってるだけさ」

「川中という男がいるからかね？」

「まあな。あいつがやくざだというんなら、認めてやってもいい。事業家面が俺には気に食わん」

「さっきの成田という男と、藤木と較べたら、まあ川中の首根っ子は押さえきれないというのは信じられるな」

「藤木はいいさ。一端《いっぱし》ってやつだよ。あそこの坂井もな。そんな連中が、なんだって川中にくっついてるのか、そこが俺には不可解だ。その気になりゃ、藤木はこの街で一家を張れる男だよ」

「川中は生きている。それが、悪党だって証拠だ。そんな言い方をしたやつもいた」

「いろいろ、調べ回ってるじゃないか」

「いまのところ、暇なんでね」

「君が、この街になにをしにきたのか、穿鑿する気はない。川中とやり合う気かどうかってことも、どうでもいい。ただ、やり合うことになったら、藤木に注意しろ」

「そうしよう。もっとも、俺は川中に関心を持ったが、直接的な関係はできないと思うよ」

松林の中の脇道が見えてきた。キドニーはそこにシトロエンを乗り入れ、海際の岩に腰を降ろして、ひとりで沖を見つめていた。

「寄っていくかね？」

脇道へ入ろうかという意味も、私は含めていた。

「俺は、うまいコーヒーはひとりで飲むことにしている。きのうは、たまたま君がいるところに入っていった。それだけのことだ」

脇道を通りすぎた。しばらくすると海水浴場のある浜辺になり、それからまた松林の中の道になった。『レナ』が見えてきた。駐車場には、シビックが一台いるだけだった。

「飛ばしてみろよ。ここの道はなかなか難しい」

「怕《こわ》くはないかね。腎臓は交通事故だったんだろう」

「半端な事故じゃないさ。俺が怕がるほど飛ばせりゃ、なかなかの腕だよ」

挑発されているのはわかっていた。ちょっと乗ってみてもいい、という気になった。キドニーの肚《はら》が、どれぐらい据《すわ》っているかそれで見てやれる。

二速に落として、イエローゾーンまで踏みこんだ。三速。四速で、レンタカーのスカイラインは、ようやく百二十キロに達した。コーナー。ブレーキを爪《つま》さきで踏み、踵《かかと》でアクセルを踏んで二段落とす。コーナーの抜け際のスピードは、百キロ近くになっていた。先行車。対向車の間隙《かんげき》を縫って抜いた。キドニーが、口笛を吹いた。コーナーが続く。二速、三速とめまぐるしくギアチェンジをくり返した。

ミラーの中に、いきなりパトカーが飛び出してきた。私は二速のままエンジンブレーキで減速していった。

路肩に停車する。キドニーは、パイプをくわえて笑っていた。

「免許証」

警官が、ドアのそばに立って言った。私は、アメリカで発行された国際免許証を出した。警官が、ちょっと戸惑った表情をした。

「何キロ出しました？」

「五十キロぐらいかな」

「七十キロは出てたように見えたけどな」

「二速で走ってたから、スピードの割りに音はすさまじかったかもしれない」

「二速でね」

計速する暇などなかったはずだ。ほんとうは、八十キロは超えていた。パトカーをミラーで認めた瞬間、とっさに二速に落としたのだ。

もうひとりの警官と、私の国際免許証をもう一度見直している。

「ここは、四十キロ制限なんですよ」

「まあ、メーターの誤差ってこともあるし、前方には車はいなかったし」

「カーブが多いんでね。制限速度には意味があるんだから」

「気をつけましょう。ただ、急がなきゃならなかった。隣りに乗ってるのは、この街の宇野という弁護士でね。人工透析を受けなきゃ死んじまう。緊急ってわけじゃなかったが、気が急《せ》いてしまって」

はじめて、警官は助手席の宇野の方を見た。

「人工透析？」

「腎臓が二つとも使いものにならん。それで二、三日に一度、血液を濾過《ろか》しなきゃならないんです。病院に連れていこうとしてたとこですよ」

もうひとりの警官は、宇野の顔を知っているようだった。前屈《まえかが》みになって敬礼した。

免許証が返された。お気をつけて。警官はそう言っただけだ。

「田舎ポリスが。たかがアメリカの国際免許証で、びびっちまったか」

走りはじめると、宇野がそう吐き出した。私は、カーライターでシガリロに火をつけた。

「アメリカから来たのか、叶さん？」

「いや、一年に一度か二度、ロスやニューヨークへ行くだけだよ。むこうで、正式の免許証を取った。日本よりずっと簡単だね。免許証さえあれば、国際免許証はいつでも発行してくれる」

「日本の免許証は、取り消されたのか?」

「持っているよ。いつも無傷でな」

キドニーが、低い声で笑った。ミラーにパトカーの姿はなかったが、もうスピードは出さなかった。

やがて、港のそばの倉庫が見えてきた。

「人が悪いね、宇野さん。あそこにパトカーがいるかもしれないことを、知ってて飛ばせと言ったな」

「まあな。ああいう道だ。スピードの取締はやってない」

「暴走運転の取締だけか。あそこで待ち構えてりゃ、点数は稼げるだろう」

「まあ、三日に一度かな。その一度に出会《でくわ》したのは、運が悪かったんだ」

「俺に免許証を出させて、本名かどうか確かめようとでも思ったのかい?」

「本名らしいね、叶竜太郎《りゅうたろう》というのは」

「偽名を使う必要もないんでね」

「なかなか、いい腕だったよ。俺を病人に仕立てちまうところも」

「病人だろうが」

「今日は、透析を受ける必要はない」

「そんなこと、警官にゃわからんさ。キドニーブローを食らった弁護士。この街でも、なかなか有名らしいね」

産業道路を横切り、街の中心街へ入っていった。車がかなり多くなる。

「事務所まで送ればいいのかい？」

「シティホテルだ。そこで、三時に依頼人に会うことになってる」

事務所から、三百メートルと離れていないところだ。依頼人と会うのに、書類もなにも必要としていないらしい。それとも、秘書の女の子に届けさせるつもりなのか。

シティホテルの、ノッポの建物が見えてきた。最上階はレストランらしい。海側にあまり高い建物がないので、そこからなら漁火《いさりび》を眺めながら夕食をとれるかもしれない。

「礼は言っておこう、一応」

「なんの？」

「賭場を紹介して貰った。俺ひとりじゃ、入れて貰えないどころか、見つけることもできなかっただろう」

「金曜がポーカー、土曜がバカラ。日曜は休みだ。あとは、やくざ連中の好きな花札賭博というやつだな」

「今夜は、ポーカーか」

「勝たせてくれることは、期待しない方がいい。腕がありゃ別だ。連中、それなりに真面目《まじめ》でね。律義な博奕《ばくち》をやってるよ」

「親切なのかひねくれているのか、わからん男だね」

「親切なのさ」

「あんたが川中のことを喋《しゃべ》る時、嫉妬《しっと》してるんじゃないかと思ったことが何度かあった」

キドニーはなにも言わなかった。

私はシティホテルの前で車を停めた。キドニーが降りていく。ホテルの中に消えるまで、私は後姿を眺めていた。

9　五枚の札

ロビーに人が多かった。

「パーティかね?」

フロントクラークが差し出したキーを、私は受け取った。三日目で、顔は憶《おぼ》えられてしまったようだ。

「地下に宴会場がありまして、中規模のパーティなら時々ございます」

「駐車場に、それほど車は多くなかったぜ」

「駅までの連絡バスがございまして、ピストン輸送をいたします」

「なるほど」

私は、フロントクラークに手を振った。

部屋。しばらく入口で佇《たたず》んだ。当然、ベッドメイクには入っただろう。それ以外の気配はない。

午後五時。山の方へ、足をのばした。大きな道は、二本あった。それ以外に、農道や林道のような脇道がいくつもあった。

車で逃げる相手を追う場合、いつも漫然と車を転がしているわけではない。コーナーの角度も、肝心なところだけは頭に刻みこむ。どんな道でも、ここで一気に追いあげるという場所は何か所かあるものだ。逃げるならここ、というところもある。

追うにしろ逃げるにしろ、海岸沿いの道は単調すぎた。カーブが多いだけで、アップダウンはなく、脇道もほとんど片側にしかない。私なら、山の方へ逃げるだろう。

バスタブに湯を張った。しばらく、熱い湯に躰を浸していた。お湯は熱い方がいい。躰が痺《しび》れるような熱さは、眠っていたなにかを覚醒《かくせい》させる。

バスルームを出ても、躰は火照《ほて》っていた。腰にバスタオルを巻いて、私は冷蔵庫のトマトジュースを一本空けた。窓から見える海は、多少荒れ模様だ。クルーザーなど、一隻も走っていない。

バックのフォールディングナイフ。刃に指を当てて、切れ味を確かめる。鈍っていない。オイルストーンで、入念に磨きあげたものだ。刃渡りは六センチ。折り畳めば、煙草よりも短くなる。

人を殺すには、三センチあれば充分だった。どんなに長い刃でも、急所をはずせば殺せない。

ルームメイドを呼んで、シャツと下着の洗濯を頼んだ。着替えの数はそれほどない。スーツが二着とジャンパー。替えのズボン。旅行に出る時は、いつもその程度だ。必要があれば、買えばいい。

シャツにジャンパーをひっかけた恰好《かっこう》で、地下の和風レストランへ行った。小さなホールがあり、レストランと宴会場がむかい合っていた。百人ほどのパーティが、はじまったばかりのところらしい。誰かが挨拶《あいさつ》をしている。長い話にうんざりした連中が、ホールに出て三々五々、水割りを飲んだりしていた。

和風レストランの料理人の腕も、捨てたものではなかった。酒は、ビール一本だけにした。金曜の夜のせいか、客はかなりたてこんでいる。

食事を終えると、一階に昇ってコーヒーハウスに入った。出されたコーヒーは、『レナ』のものほどうまくはなかった。挽いたあと、薄皮だけ風で吹き飛ばしているのだろう。

秋山が、コーヒーハウスの前を通りかかった。私を見つけて、ちょっと手を挙げる。入ってくる気配はない。

玄関の横から、二十人ほど乗れそうなマイクロバスが出ていた。二台あるようだ。

シガリロを一本喫《す》い、私は部屋へあがっていった。

ベッドに横たわり、時間が経《た》つのを待った。じっとして天井を眺めていることなど、好きではなかった。思い出したくないことを、思い出す。

眼を閉じた。窓が十センチほど開くようになっていて、そこから波の音が聞えてくる。私が育ったのは、東北の海のそばだった。私が生まれる何十年も昔に、一度津波で村ごと消えてしまったことがあるらしい。またいつ来るかわからない津波のために、村は城壁のような防波堤で囲われていた。

父も祖父も、そこの海で死んだ。母親はいなかった。死んだのでも、離婚したのでもなかった。ある日、見知らぬ女がやってきて、祖父母に乳呑子《ちのみご》だった私を預けていったという。父の手紙が添えられていた。

父が戻ってきたのは、私が五歳の時だった。左手の、手首からさきがなかった。なぜなくなったのか、父は語らなかったし、私も訊かなかった。父は祖父と一緒に漁師をはじめ、私が十一歳の時に死んだ。真冬。海に落ちたのは、片手がなかったせいだと、誰もが言った。

海が、おまえの親父《おやじ》を迎えてくれた。崖《がけ》っぷちの岩に私を連れて行き、祖父はそう言った。海で死ねて、あいつも喜んでいるだろう。

親父は、夜明けに祖父と一緒に漁に出て、正午すぎに戻ってきた。海が荒れて漁のない日は、黙って外出して、夜になるまで戻らなかった。

親父と話したという記憶は、ほとんどない。一緒に生活していたのだから、言葉は交わしていただろうが、多分最低限の言葉だったはずだ。無口な男だったのだ。

祖父は、それから六年間生き続けた。その間に、祖母が死んだ。祖母が死んだ時から、祖父は元気をなくした。ある日、船ごと海から戻らなかった。漁業組合の組合長が、保険金を私にくれた。その金で、私は東京に出て大学へ行った。家も売り払った。帰るところはなく、帰らなければならない必要もなくなった。

ある意味では、私は幸運だった。それほど金の苦労をせずに、大学を出ることができたのだ。就職したのも、名の通った商社だった。一年が経つと、コートジボアールへ派遣され、アビジャンに住んだ。アビジャンの生活は二年だった。それから、モザンビークへ移った。そこで、私は黒人の女を作った。それだけなら、よくある話だった。商社から海外派遣されている独身の男なら、大抵女のひとりか二人は作る。

その女は、解放運動のメンバーで、南アと対決する武器を入手するために、私を使おうとして近づいたのだ。

私の会社がチャーターした貨物船《カーゴボート》が、ロンドンのブラックマーケットが手配した大量の武器を積んでいた。荷の手配は、私がしたことになっていたのだ。

女に、いろいろと教えた。肉体労働ではなく、頭脳労働ができるようにしてやろうと考えたのだ。頭のいい女で、私の教えたことはよく覚えた。実際、思想教育だけでなく、高度な教育を受けていたに違いなかった。知性的と言ってもいい感じさえ、私は女に覚えていた。セックスにも、のめりこんだ。

私の会社がチャーターした船は、南ア海軍に拿捕《だほ》された。武器と一緒に、他の積荷も接収されることになった。

事情説明のための帰国さえ、私はしなかった。女を追った。三か月かかった。ポート・エリザベスという南アの港で、私は女を見つけた。そうするまでに、私は女の仲間の何人かを締めあげ、多分、二人殺した。

女は、昼間はオフィスに勤め、夜は小さなレストランにいた。そのレストランの二階に、女の部屋もあったのだ。

愛してたのに。私の眼を見つめて、女はそう言った。どういう意味なのか、わからなかった。訊く時間もなかった。女の胸には、私の発射した三八口径弾が入っていたのだ。次に口から出てきたのは、泡の混じった血だった。

七時半になろうとしている。

私はベッドから身を起こし、白いワイシャツを着こんだ。ネクタイも締める。ダブルのチャコールグレーのスーツ。髪を濡《ぬ》らして、ブラシを入れた。

廊下に出、ドアノブにドント・ディスターブの札を出した。鍵《かぎ》は、小さなナイフと一緒にズボンのポケットだった。とっさに必要なものは、ズボンのポケットの方がいい。上着は、脱いでしまうことがある。

エレベーターで、地下に降りた。パーティが終ろうとしているところだ。私はその人の波の中に紛れこみ、エスカレーターで一階へあがると、そのまま玄関から外に出た。

バスが待っている。

秋山が気づいたかどうかは、わからなかった。見られたら見られたでいい、という気分で私は行動していた。ドアボーイやベルボーイまで私を監視しているとは思わなかったが、これだけの設備のホテルなら、どこかに監視カメラが取り付けてあることは考えられる。外来者のチェックなどを、そういう方法でやっているホテルもあるのだ。

バスは、二十分ほどで駅に到着した。

私はタクシーに乗り換え、モーテルの名前を言った。

「ひとりですかい？」

運転手が話しかけてくる。

「連れは、あとから車で来るよ。いや、もう来てるかもしれん」

「街の中にゃ、ラブホテルが五軒ぐらいしかないんでね。おまけにみんな古いときてる。誰だって、モーテルの方へ行きたくなるってもんだね」

「タクシーで行く客は、めずらしいだろう?」

「そんなことないよ。一日に三回は、モーテルに客を運ぶよ。酒だって飲みたいだろうしさ。金曜とか土曜の夜は、県道でパトカーが一斉取締なんかやるのを、土地の人間ならよく知ってるからね」

港のそばを走り抜け、まだ明りのある『レナ』の前も通った。安見は、何時まであの店で手伝っているのだろうか。

「呼べば、タクシーは来てくれるんだな」

「まあ、二十分以内に来ると思うよ。大抵、駅かシティホテルにつけてるからね」

眼を閉じた。眠くはなかった。博奕《ばくち》をやる前は、いつもそうする。理由はなかった。

「この街の人じゃないね、旦那《だんな》」

「わかるかね」

「そりゃね。ただ、工場の偉いさんなんか、よくわからんもんね。何年かこの街にいて、東京に戻ったりするし」

「街の人間の顔を大抵知っているというんじゃないだろうな」

「まさか。匂いってやつがあるんですよ。この街の人間の匂いってのがね」

「匂いね」

眼を閉じたまま、私は喋っていた。コーナーで躰が左右に揺れる。

「ガキのころからここに住んでりゃ、匂いがつくし、ほかのやつの匂いもわかるようになるんでさ」

「そんなもんか」

また躰が左に傾いた。コーナーの角度で、どのあたりなのか見当はついた。もう、それほど遠くはない。

停止した。私は眼を開けた。

玄関口でキーを抜きとらず、キャッシャーの窓口へ行った。

「宇野さんの紹介で、昼間も来たんだがね」

「非常口の方から入ってください」

若い女の声だった。病院の窓口で言われたような気分だった。

歩いて非常口に回った。まだ二十歳にもならないような青年が、寒さしのぎなのか、シャドーボクシングをやっている。私がノブに手をかけると、血相を変えて飛んで来た。

「ここは非常口なんだけどよ」

「だから？」

「玄関ってもんがあるだろうが」

「あそこは、女を連れてる時に入るところだろうが」

「俺、あんた見たことねえからな」

「紹介者はいる。それでも仕事がどうのって言うんなら、成田に訊いてこい」

「待ってろよな」

ちょっと息をはずませて、青年は中に入っていった。すぐに成田が出てきた。

「先生の知り合いだからって、愉しめるとはかぎりませんぜ。先生にゃ世話になってるが、勝負はまた別のもんだから」

「遊びたいだけだ。熱海なんかへ行くより、ちゃんとした紹介者がいた方が、勝った時に安全だと思ってね」

「おかしな真似をしねえかぎり、うちは安全な賭場ですよ。勝って喜んでるお客さんだっている」

請《しよう》じ入れられた。ドアのすぐそばが部屋だ。

煙草の煙が、天井のあたりに澱《よど》んでいる。十人ほどの客がいた。丸いポーカーテーブルが三つ出してある。

入口のすぐそばのテーブルに導かれた。縁なしの眼鏡をかけた、三十歳ぐらいの男。頭の禿《は》げた、小肥《こぶと》りの中年男。それに痩《や》せた女がひとりだった。ディラーは、四十を越えたいかにも筋者という感じの男だった。パンチパーマと顔のむこう傷。左手の小指はかけている。

私は十万円だけチップを買った。

スタッドポーカーをやっているようだ。配られた五枚のカードだけでの勝負。ツキよりも、度胸と駈《か》け引きの勝負になる。

新しいカードの封が切られた。小指が短くても、鮮やかにカードは切れるものだ。それぞれが、上から少しずつとって、テーブルに置いた。私も、同じようにした。五枚、配られてくる。見ているかぎり、いかさまはなかった。

女が、一番さきに自分のカードに手をのばした。シガリロに火をつけ、私は待っていた。スタッドポーカーが待つ勝負だと教えてくれたのは、二年間ラスベガスでディラーをやった男だった。その男は、好きなカードを思う通りに出せるという芸当ができたが、その種は明かそうとしなかった。

私は、最後に自分のカードに手をのばした。それでも掌《てのひら》の中に包みこんでいて、すぐには見なかった。全員が、私の方を見ている。

「まず、二千だな」

「カードも見ずに？」

「最初は、いつもこれでツキを読むことにしてる」

「はったりね」

「そんなことはない。手が悪くても、いいような顔をするのを、はったりと言うんだ。この場合は、当人にすら手はわかってない」

禿《はげ》が、二千にさらに二千乗せてきた。私は、即座に二千出した。眼鏡の男は、じっと私を見ていた。

二万まで、三人とも付いてきた。二万五千で、女が降りた。三万で禿。眼鏡の男は、じっと私を見つめ続けている。自分の手がなにかを知らない私をいくら見たところで、読めるものはなにもないだろう。

「一本、貰っていい？」

女が、シガリロのケースに手をのばした。私はそちらを見なかった。眼鏡の男の、レンズの奥の眼を見つめた。

「まだ、見ないのか？」

「俺には俺のやり方がある。余計な口は挟まないでくれ」

「見たんじゃないのか？」

大した玉ではなかった。心にある不安や疑問を隠せない。私は答えず、二本目のシガリロに火をつけた。ディラーの表情や態度は一切気にしない。いままで、そういうポーカーをやってきた。

眼鏡の男が、捨て鉢になったように、積みあげたチップを前へ押し出した。総額で十五万になっている。私は、さらに十万分のチップを買った。

「上限は？」

「五十万。このテーブルは、そういうことになってる」

ディラーの声に、かすかな感情が入り混じっている。

私が用意してきたのは、百万の束がひとつだった。財布以外に、いつもそれだけの現金を持ち歩いている。仕事の場合はだ。

「隣りは？」

「七十万。百万ということもある」

「いいね。俺は賭金《かけきん》が大きい方が好きだ」

「上限まであがっていったことは、滅多にないですよ」

「今夜は、その滅多にないというやつが、しばしばあることになるぜ」

眼鏡の男のこめかみが、ピクピクと動いた。

「お互い、ツキを試してみないか。俺も君も、この五枚のカードがなんだか知らん。つまり、五分五分の勝負ってことになる」

「馬鹿らしい」

「そうかね。俺は、いつだって勝負はこんなものだと思っているよ」

「付き合いきれないな。はったりだけじゃなく、スマートなポーカーをやってみたらどうだ」

「自分のやり方がある。そう言ったろう。スマートかスマートじゃないかは別としてな」

カードを放《ほう》り出して、眼鏡の男は腰をあげた。

「いい気味」

男の後姿に眼をやって、女が小声で言った。私は、自分のカードをテーブルのカードの中に入れた。最後まで、自分の手はわからなかった。わかる必要はないのだ。

「医者の倅《せがれ》でね。コネで大学に入って、スレスレで国家試験に受かった口よ。いい歳《とし》をして、何人も家庭教師をつけて」

女が言っていることが、ほんとうなのかどうかわからなかった。こんなふうに言われ続ければ、やがてほんとう以外のなにものでもなくなってしまいそうだ。

それからしばらく、普通の勝負をした。眼鏡の男は、ついにテーブルに戻ってこなかった。

終った時、私は十万ほど勝っていた。

「派手な勝負をするじゃねえか」

成田が、私の耳もとで、言った。ちゃんと聞えているのに、喋っているようには見えない。刑務所から帰った人間で、こんな技術を身につけている者もいた。

「あの坊やは気をつけろ。なにをするかわからん男だぜ」

「なにをって？」

「負けた腹癒《はらい》せに、この賭場のことを警察に知らせるとかな」

「そこまでの度胸はねえさ。さっきの勝負を見ても、そいつはわかる」

私は肩を竦めて、部屋を出た。背後でドアが閉まると、もの音も人の声もまったく聞えなくなった。普通のモーテルと違って、防音には気を使ってあるらしい。

10 音

ボックス席の方に腰を降ろすと、映子を指名した。

十時半を回ったところだ。ピアノの演奏はもう終ったのか。沢村の姿は見当たらない。金曜の夜なのに、客は昨夜より少なかった。

「単身赴任で、金曜には東京に帰る人が多いんです」

もの静かな喋り方をする女だ。どこか暗い感じもある。やはり、黒いドレス姿だ。昨夜と違って、胸は開いていない。

「鎖骨が見れないのが、残念だよ」

低くＢＧＭが流れている。アップライトピアノが置かれたところのスポットライトは消えていた。

「沢村さんの演奏、終ったのかい？」

「三曲だけ。終りなのかどうか、よくわからないんです」

「何時ごろ？」

「八時ぴったりに。そのまま、なんとなく奥へ入っちゃったって感じで」

そういう夜もあるのだろう。たとえば、生きた音が出ない。リズムに微妙な狂いがある。そんなことでも、弾くのをやめてしまうのかもしれない。

「君は、沢村さんとできてるのか？」

「え、どうしてですか？」

「見交わす眼に、なんとなく男と女って感じがあった」

「いやだわ。でも、お父さんって感じのする人だわ」

「親父か。沢村さんが聞いたら、がっかりするだろうな」

「どうしてですか？」

「男ってのは、惚《ほ》れた女にお父さんみたいって言われるのが、一番ショックなんだぜ」

「叶さん、短絡《たんらく》してらっしゃいます。はじめが間違ってるから、どんどん違う方へ行っちゃうんだわ」

私はジン・トニックのグラスを、坂井がこちらをむいた時に素速く挙げた。すぐに気づいて、坂井は新しいジン・トニックを作った。ボーイが運んでくる。

「わかった。君は沢村さんに惚れちゃいないってことだな」

「わかりません」

「ほう、どういうことだ」

「惚れてないって言ったら、叶さんが口説きはじめるんじゃないか、という気配を感じました」

「あまりいい男と、付き合ってこなかったようだな」

「そうなんです、あたし」

私が言うことを、映子はまだ冗談と受け取っているようだった。

「かわいそうだ、と言うと怒るか？」

「どうしてですか？」

「本気で、そう思っているからさ」

映子が、一瞬だけ私の眼を見つめた。私は、軽く映子の手に触れた。映子は手を引こうとしない。

客を案内してきた藤木と眼が合った。表情は変らない。私は映子の手に触れたまま、ちょっとだけ笑ってみせた。

「決まった男がいる女には手を出さない。まともな男とはそんなものだと、思いこまされている。そこがかわいそうなのさ」

「でも、そういう男の人に、いい人がいるとは思えませんけど」

「その女にとって、自分が最上でありうる。そう思った時は、状況がどうであれ、男は本気で動くもんだよ。その女に、惚れてさえいればね」

「よくわかりません、あたしには」

「それを、沢村さんがわからせてくれるかもしれない。あの人には、多分それができるだろう。沢村さんが君にむかって動いた時は、ただ拒絶するだけじゃなく、男というのがどういうものか、よく見るんだな」

「叶さんは?」

「もうひとつ、言っておこう。どんなに惚れてても、手を出せない女ってのがいる。友だちだったり、友だちになれるかもしれないと感じたりしている男が、本気で惚れてる女にゃ、絶対に手を出さんもんさ」

「面倒なんですね、男って」

「だから、みんな男の部分を捨てちまう。そうなりゃ、女を利用しようがおもちゃにしようが、自分を責めるものはなにもない。やりたい放題ができるってわけだ」

映子は、考えこむような表情をしていた。私は、映子の手を放した。あまりに押しすぎるのも、かえって警戒させる結果になりかねない。

「君は、飲まないのか?」

「じゃ、トム・コリンズを」

坂井がこちらを向いた時、手で合図して、映子の方を指した。坂井が頷く。よく観察しているると、坂井の視線は店の中を一定の速度でめぐっている。灯台でも連想させるような眼配りだった。

運ばれてきたトム・コリンズに映子が手をのばす。軽くグラスを触れ合わせた。

「気障《きざ》な方ですね、叶さんって」

「時々、自分でもそう思うことがあるんだが」

「女の人を、本気で好きになったことって、ありまして？」

「ある、と思ってた時期もあるよ。その時、俺はひどい状態にいてね。会社は馘《くび》だし、金はなかった。それでも、惚れた女はいる。そう思えることが救いだったね。そして女に甘えた。いろんなことでさ。金の世話になっただけじゃない。わざと、身勝手をやってみたりもした」

「いい思いをしたんじゃありませんか」

「自分でも、そう思ったさ。ところが、俺の状態がよくなってきた。すると、女の存在が鬱陶《うっとう》しくなってきた」

「そんな」

「ところが、そうなんだ。男が困った時に頼る女なんて、その程度のものなんだ。ほんとうに大事な女には、頼ったりはしないな」

「その女の方、どうしました？」

「恨んだだろうな、俺を。それからさきは、知らんよ」

自分でも感心するほどの作り話ができるものだ。私にあるのは、私を騙《だま》し、利用した女を追いつめ、射殺したという過去だけだ。その女は、愛してたのに、と言って死んでいった。

「俺は、女に惚れる資格はないみたいだな。自分でそう思っているから、君を口説こうとしないのかもしれない」

「男と女って、そんなにきっちりなにかが決まってなくちゃいけないものなんですか？」

「わからんね。俺には答える資格もないよ。喋っていて、そんな気分になってきた」

「もっと自由に生きちまえばいいのに」

「そうすりゃ、君とも恋ができるかな」

映子の髪に手を触れた。短い髪で、リーゼントのようなスタイルをしている。触れた感じは、意外に硬かった。

「俺は、沢村さんにはかなわんよ。絶対にかなわないと思う」

「なぜ、わかるの。なにもやってみたわけじゃないのに」

「十五年前、あの人はジャズの好きな人間なら知ってる、大変なピアニストだったよ。ところが、酒と薬の中に堕《お》ちていった。なぜだかわかるか。惚れた女が、そこに堕ちていたからさ。自分も、同じところに堕ちてやった。それで、駄目になったんだがね」

「ほんとに？」

「噂《うわさ》だが、ほんとうだろうと俺は思っている。あの人に訊いたところで、語りはしないだろうがね」

「なにか、信じられないわ」

「訊いてみればいいだろう、直接。好奇心じゃなく、本気であの人のことを知りたいと思うなら」

沢村が出てきた。客席の方を見もしない。私が拍手したので、ようやく気づいたようだ。私になのか映子になのか、ちょっと手を振ってピアノの前に腰を降ろした。

なんの前ぶれもなく、『サテンドール』を弾きはじめた。悪くない。以前、マッコイ・タイナーで同じ曲を聴いたことを思い出した。錆《さび》。弾く人間の心についた錆。ピアノについた錆。そして、聴く人間の心についた錆。赤茶けた『サテンドール』だった。

「やっぱり、ソルティ・ドッグだな、これは」

「叶さんに聴かせたくて、出てらっしゃったんじゃないかしら。さっきの音とは全然違うみたいな気がします」

坂井。灯台の光のように店内をめぐっていた視線が、私のところで停《とま》っていた。私が頷くと、坂井はすぐにシェーカーを振りはじめた。

ピアノに置かれたソルティ・ドッグを、沢村は『サテンドール』が終ってから口に運んだ。はっきりと、私だけを見てにやりと笑う。

「君に、ひとつ提案がある」

「なに？」

「洒落《しやれ》たアスコットを見つけて、彼にプレゼントしてやれよ。金は俺が払う。毎日、同じアスコットをしてるぜ」

「よく見てるんですね」

「いまのアスコットだって充分洒落てるが、四日続けると野暮《やぼ》だ。彼は、君のプレゼントを待っているのかもしれないぜ」

「まさか」

「粋《いき》な男ってのは、そういうことをやるもんさ。野暮を承知で、惚れた女の前で同じネクタイとかアスコットをしてる。その女が、気づいてくれるのを待つわけだ」

「それ、口説きのテクニックなんじゃありません？」

「測るのさ、なにかを。いや、託すのかな。これにあの女が気づいてくれればって感じで」

映子が沢村に眼をやった。曲は『スター・アイズ』から『ブルー・モンク』に変っている。どこか、疲れていた。疲れもまた錆だった。

沢村は眼を閉じている。時々、頷くように首が動いた。学生のころ、マッコイ・タイナーのアルバムで、同じ曲を聴いたことがある。何度も何度も、くり返し聴いた。友人が死んだ日の夜だった。なにかを悩んで、自分で命を絶ったのだ。それに涙する心を持っていた自分が、いまでは信じられないほどだ。

曲が『赤とんぼ』になった。アドリブがふんだんに入った演奏だった。気づくと、カウンターに川中が腰かけていた。沢村は、眼を閉じていてもそれに気づいたのだろうか。時々、音が明らかにはずれた。川中が、にやりと笑っているのが見える。

私はシガリロに火をつけた。童謡をうたってすごした時期が、私にもないわけではなかった。音楽家になろう。そんな考えを持ったこともあった。祖父が死んだ時、心に抱いていたことのすべてを、捨てたような気がする。人並みの学生になり、人並みの人間に。世間というものが、怕かったのだろう。その時、はっきりと意識はしなかったが、いま考えるとすべてがそんなふうに動いていた。

川中が、私たちの席に来て腰を降ろした。

「なかなかの演奏だったじゃないか。これであの男になにか憑《つ》けば、十五年前とは違う凄《すご》味《み》が出てくるかもしれん」

「ひとりの人間を蘇《よみがえ》らせて、嬉《うれ》しいかね？」

「俺が？　沢村明敏のピアノを聴けるようになったことは、嬉しいさ。蘇らせたのは、俺じゃない。人間にそんなことはできんよ。死んだ人間を、生き返らせることができないのと同じにな」

「死んだ人間ね」

「結局、生きているやつが背負う。大抵は、何人か背負って歩いてるもんだろう」

沢村が、席にやってきた。私は、軽く拍手をして、ソルティ・ドッグを頼んだ。

沢村が腰を降ろす場所を作るために、映子が私の方へ寄ってきた。腿《もも》のあたりから、体温が伝わってくる。

「私の腕は、駄目になったね」

「ほう、どうしてですか。最後には、『赤とんぼ』まで俺のために弾いてくれたじゃないですか」

「音で、心を洗えなくなった。弾く方も、聴く方もだ。ほんとうの音というのは、そういうものさ」

「去年の秋に、画家がこの街に来ましてね。有名な画家だが、絵はきれいになりすぎていた。それがあることで、ドロドロした絵をまた描きはじめましたよ」

「あることというのは？」

「惚れた女に庇《かば》われて、自分だけ生き残ってしまった。その女を、守ろうとしていたのにです」

「遠山一明」

「知ってるんですか？」

「一度、ここで飲んだことがあるじゃないか。秋山さんやあなたと」

沢村がくわえた煙草に、映子が火を出した。

「さびしそうな眼をしていたな。宇野さんと似ていると思った」

「キドニーは、さびしいんじゃありませんよ。そんな感情は、とっくにどこかへ置いてきちまった。生きるのが、つらいんだ」

川中の言う意味が、私にはわかるような気がした。キドニーは、極端と思えるほど川中を嫌っている。それは別の感情の裏返しで、ほんとうは似た二人なのではないのか。

「叶さん、御職業は？」

沢村の眼にあるのは、単純な好奇心の光だった。

「貿易関係の会社を東京でやってます」

「なにを輸入なさっているんです？」

「ナイフ、庖丁《ほうちょう》、カミソリ、鋏《はさみ》。要するに、そんな刃物全般です」

二日前は、事務用品のセールスマンだった。今夜は刃物専門の輸入商。明日は、人肉でも売っているかもしれない。

「訊いていいですか、沢村さん？」

「なんなりと」

「沢村さんがおっしゃる意味で、一番いい音を出せたというのは、いつごろです」

「みんなが、私を駄目だと言ったころだね。駄目だと言われ、使っても貰えなくなった。そのころ、私はいい音を出していたよ」

「どんな、という言葉で言えますか？」

「弾いていて、心が洗われた。聴く方の心も、洗っていた。ひとりとひとりだったがね。私の音が、ほとんど二人の救いのようだったよ」

「そうですか」

「ほかの誰にも、聴いて貰わなくてよかった。その人間に聴かせるためだけに、私は弾いていた」

「さっきは？」

「叶さんに聴かせた。映子ちゃんにもな。川中さんが入ってきた時は、ちょっといたずらっぽく、また川中さんに聴かせた。ただ聴かせただけだよ。心が洗われることはない。挨拶みたいなもんかな」

「それで、自分が駄目だと思うんですか？」

「人に言える程度の、駄目さ。商品として、私のピアノは成立するはずだよ」

「わかりませんね」

「いくつですか、叶さん？」

「三十五です」

「いい歳だな」

「そうですかね」

「私の歳になったらわかる、なんていう無粋は言わんよ」

「聞きたくもないですね」

「叶さんは、ジャズがほんとうに好きかね」

「と言われると困ります」

「だろうな」

「どういう意味なんですか？」

「音に、心をくすぐられているだけだろうと思う。どんな音でもいいが、たまたまジャズが合っていた」

「その程度のことかもしれないとは思います。しかし、それ以上の程度ってやつはあるんですか？」

「それ以上というと、ミュージシャンになるね。つまり、聴く方としてはかなりの程度ってわけだ」

「ほめられたのか、けなされたのかわからないな」

川中が、声をあげて笑った。

新しい客が入ってきた。もう十一時を回っている。ひとりだ。案内してくる藤木の顔を見て、おや、と思った。表情はいつもと同じだ。どこか戸惑ったような感じは、気のせいなのだろうか。

ボックスにひとりで腰を降ろした男は、めずらしそうに店内を見回していた。

11 伊達男《だておとこ》

朝食に降りていくと、ロビーで声をかけられた。安見だった。

「学校は、どうしたんだい？」

「休みです、土曜日は」

「ミッションスクールか。今日は、お父さんの方の手伝いかね？」

「時には様子を見てやらなくちゃ、ひがんだりするんで」

安見は、ジーンズにセーターにスタジアムジャンパーという恰好だった。バスケットシューズふうの編上げの靴がよく似合っている。

「この間のことで、ちょっと訊きたいことがあったんですけど。お食事ですか？」

「コーヒーでも付き合わないかね。お母さんのところのコーヒーってわけにはいかないが」

「時々、ここでもあの淹れ方をするんですけど」

「一度、同じ味のを御馳走《ごちそう》になった」

メインダイニングに安見は付いてきた。

朝食といっても十一時半を回っている。土曜のせいか、混んでいて窓際の席は見つからなかった。

「なにかな、質問というのは？」

「デューク・エリントンが音をはずしたという曲、どのアルバムに入ってるんですか？」

「聴きたくなったのか、『イン・ナ・センチメンタル・ムード』を。確か、『デューク・エリントン・アンド・ジョン・コルトレーン』というやつだったと思う」

「売ってますか、レコード屋に？」

「さあ、そこまではね」

「川中のおじさんなら、持ってるかもしれないな。レコード、七、八百枚はあったみたい。あのおじさんが音楽を聴くなんて、イメージ狂っちゃうけど」

註文したものが運ばれてきた。安見はフレッシュオレンジジュースで、私はポークソテイとパンだった。

結婚をしたことがない。だから、子供というのがどんなものなのかも、ほんとうには知らない。

「おじさん、うちのホテルでずっと仕事ですか？」

「そう見えるか？」

「遊んでるみたい」

安見が、いきなり手を振った。中学生ぐらいの男の子が、おずおずという感じでレストランに入ってくると、私に馬鹿丁寧なお辞儀をした。

「中里充《なかざとみつる》です」

自己紹介の仕方は素速かった。

「馬鹿ね、この人パパじゃないわ」

「えっ」

「うちのパパは」

「俺よりずっと恰好いいよな」

「いつも背広を着ている、スクウェアと言おうと思ったんです」

「君たち、そんな言葉を使うのかね？」

「親が使うと、なるんですよ」

「なるほど」

安見はジュースを飲み干して立ちあがり、中里充と並んで頭を下げた。

ひとりになると、私は今日やるべきことを考えはじめた。愚図愚図はできない。警察は町田を捕まえたがっているだろうし、町田を必要としている連中もいるはずだ。

フロントのキーボックスにキーを放りこんだ時、安見と中里を見送って出てきた秋山に会った。

「スクウェアだそうだね」

「だから、よその街のホテルに泊った時も、キーを持ち歩いたりはしないんだ」

秋山は笑った。

外出するよ、と言って私は片手をあげた。玄関を出て駐車場に回ると、私の車のそばに男がひとり立っていた。昨夜の十一時すぎに、『ブラディ・ドール』にひとりで現われた男だ。

「きのう、ごつい勝負をやったそうじゃないか」

「勝負？　ああ、モーテルのことね」

トレンチコートをきっちりと着こんでいるので、男がどういう服を着ているのか、よくわからなかった。腰のベルトを、いささか強く締めすぎているような感じだ。

「安心できるところだと思ったが、あんた、誰かに雇われたのか」

いまのところ、男から敵意は感じられない。眼が合った。男がどかないことには、私は車に乗れなかった。

「タクシー代を、節約させてくれないかな」

「いいとも。玄関から、駅までの連絡バスが出ている」

「俺は、あんたと同じ男を捜してるんだよ。町田静夫という男さ」

「残念ながら、俺は誰も捜しちゃいない」

「街まででいいんだがね」

三十五、六というところだろうか。身長は百七十センチそこそこだろうが、がっしりした躰にトレンチがよく似合っている。

しばらく付き合ってもいい、という気分に私はなった。この街へ来て、はじめて町田という名前を耳にしたのだ。

男が、私の同業者だとは思えなかった。どんな場合でも、同業者は大抵見当がつく。まして、同じ仕事をしていれば、電話の声だけでもわかる。

「きのう会ったね、『ブラディ・ドール』で」

「なかなかいい店だ。俺たちと同年配の男が、社長の川中だね」

「同年配っていうと？」

「三十六」

「川中は、四十になったんだそうだ。俺は三十五だよ」

「同じようなもんじゃないか」

「だから、車に乗せてもいいという理由にはならん」

「頼んでるんだぜ」

「口さきだけでね。行こうか。口さきだけの男ってのは、嫌いじゃない」

車に乗りこんだ。水島《みずしま》だ、と男は名乗った。

いつもの、海沿いの道を走った。街とは逆方向だ。水島はなにもいわない。スピードをあげた。グリップ走行でのコーナリングの限界に近い。怕がっている様子はなかった。こちらにはモーテルはない。古いヨットハーバーがあるだけだ。だから、パトカーもいないだろう。

「なぜ、あんな勝負をする？」

「あんなって？」

「自分の手も見ないで、賭金を積みあげていくことさ」

「五分五分というやつが好きでね」

「相手も自分も、五枚の札の中身を知らない。それが五分五分ってことか？」

「五分五分にするためには、その方法しかないね。その時の賭け方を見れば、大抵どういう人間かはわかる。俺は人間を大別しててね。五分の可能性があれば乗るやつ。五分では乗らないやつ」

「俺は？　もっとも勝負してないからわからんか」

「乗るさ」

「そうかね」

「俺の車にも乗った」

水島が、カン高い声で笑った。

ヨットハーバーの建物が見えてきた。やはり、数隻の古びたヨットしか繋留《けいりゅう》されていない。川中のヨットハーバーと大違いだった。

門から乗り入れて、建物のそばで停めた。

「立入禁止って札が見えねえのか」

蒲生は、私の顔をすぐには思い出さなかった。やはりコートのように長い綿入れと、ゴム長靴だった。

「シガリロの味が、気に入ったかと思ってね」

「なんだ、おまえか。あれはいい。土崎の野郎が羨《うらやま》しがった」

「じゃ、これをプレゼントしよう。まだ三十本は入ってるはずだ」

私はいつも、五十本入りのシガリロを、何箱かバゲージの底に入れている。

「これだけありゃ、野郎にも二、三本やって恩に着せられる」

「この人が、ヨットハーバーを見たいと言ってね。川中のところは入会金がかなり高いようだし」

「見るだけ無駄だがな」

「まあ、見りゃ気が済むんだ」

私は、水島と防波堤の方へ歩いていった。蒲生は付いてこない。

風が強かった。それほど冷たい風ではない。雲の多い空だ。防波堤の突端まで歩いて、
私は沖の海面に眼をやった。

「俺に近づいた目的は？」

「二つの眼より四つの眼。その方が、早いとこ町田が見つかるような気がする」

「誰だね、町田ってのは？」

「よしてくれよ」

「じゃ、よすさ」

私はシガリロをくわえ、掌でマッチを覆って火をつけた。水島にも差し出したが、首を
振った。眼は、執拗《しつよう》に箱を見ている。

「禁煙中なんだな」

「気紛《きまぐ》れだがね」

「ひとつだけ言えることがある。いつ死ぬかわからないと思っている男は、絶対に禁煙な
んて真似はしないね」

「じゃ、一本もらうか」

「やめとけよ。スクウェアはスクウェアらしく、煙草をやめた方がいい」

「スクウェア？」

「さっき、中学生の女の子が、そう言ったばかりだよ」

「秋山の娘だな」

「藤木、知ってるみたいだな」

「藤木？　ああ、『ブラディ・ドール』のマネージャーだな。ほんとうは藤木って名前じゃない。廻状《かいじょう》が出てててね。あいつは殺していいことになった。ところが、誰も殺せなかった。いつの間にか、廻状も反故《ほご》同然になっちまった」

「腕が立つだけで、生き延びられるとは思えないが」

「俺も、あの男が生きている姿を実際に見ると、妙な気分だったよ」

「隠れてるわけでもないぜ。なにをやって、廻状が出たんだ？」

「よくは知らんが、二人か三人、殺しちまったらしい」

ありそうなことだ。十人、と言われても、私は頷くだろう。

殺人者は、道具のようなものだと私は思っていた。寿命というやつの、幕を引く道具。殺された人間は、その時死ぬことになっていたのだ。

「さっきの爺《じい》さんは？」

「この海のボスさ」

「なるほどね。雰囲気だ、それは」

「ここから出してもらえないぜ、多分」

「なぜ？」

「うさん臭いやつが好きなんだ」

「君も好かれてるようじゃないか」

「遠いな」

「なにが？」

「あんたと俺の間さ。はじめから同類とは思っちゃいないが」

「駄目かね？」

「敵に回る必要もないと思うが」

やはり、水島が何者なのか、読めはしなかった。トレンチの似合う男。いまのところそれだけだ。

「川中とは？」

「この街に来て、はじめて会った。川中だけじゃない。みんなそうだよ」

「親しそうだったがね」

「ジャズ、好きかね？」

「いや」

「なにかのきっかけで、親しくなる。当たり前のことだが、俺がジャズを聴かなきゃ、あの男と知り合いにはなれなかっただろう」

風で、水島のトレンチの裾《すそ》がひらひらとした。

ゆっくりと、建物の方へ戻った。蒲生の姿は見えない。

「ここ、気に入ったか？」

「なかなかいいところだ。番人が爺さんでなく若い女だったら、もっといいが。これは、あの爺さんには言わんでくれよ」

「地獄耳だって話だぜ」

建物の中にも、蒲生はいなかった。

車を出した。それほどスピードは出さず、街の方へむかった。

「運転はうまいね」

「スピードを出すだけさ」

「半端なスピードじゃなかった」

しばらく、お互いに黙っていた。

ホテル・キーラーゴの前を通りすぎた。川中のヨットハーバーには、少なくとも百隻近いヨットとクルーザーが繋《つな》がれている。

「この街へ来て、四日目だろう。どうやって、あの賭場を見つけた?」

「蛇《じゃ》の道はヘビさ」

「ギャンブラーには見えんがね」

「ポーカーだけは別なんだ。ラスベガスで、四万ドル勝ったこともある」

「きのうは、そこそこだったようだね」

「はじめての賭場で、大儲けするもんじゃないよ、刑事さん」

カマをかけた。一瞬、水島は口籠《くちご》もった。図星だったようだ。

「どうして、わかった?」

「刑事の中にも、伊達者《だてもの》がいる。ところが、どこか自分が刑事だという意識があるのさ。あんたがそうだよ。スクウェアと言ったろう。服やコートに凝っても、どこかで馬脚を現わす。コートの襟もとから覗《のぞ》いているネクタイが、あんたの場合はそうだな」

「色が地味だったか?」

「結び方さ。そいつはウィンザーノットだろう。凝ると、小さな結び目で、ノットをひとつっていうふうになる」

「なるほど。確かに馬脚だな」

「あんたは、ましだよ。大抵は二人で組んで、チンピラみたいな恰好をしたりする」

シティホテルの駐車場に車を入れた。

「ここまでだ、旦那。断る必要はないと思うが」

「尾行《つけ》たりはしないよ。タクシー代を浮かせただけで充分だ」

水島がさきに降りた。

私は、キーをズボンのポケットに突っこみ、ホテルの玄関にむかって歩いていった。

12 小僧

最上階はレストランだった。

女はさきに来ていて、もう湯気も立っていないコーヒーを前にしていた。私を認めて、派手な指輪が三つ付いた手を振った。

「俺は、食事を済ましちまった」

「コーヒーかなにかにしたら」

「しかし」

「いいのよ。あたしはここじゃ顔なの」

コーヒーだけの註文《ちゅうもん》でも、ボーイはいやな顔をしなかった。

「光栄だわ。名刺を渡した時、電話を貰《もら》えるなんて思わなかった」

「儲《もう》けさせて貰ったからね」

「あれは勝負よ。あなたが勝たなかったら、ほかの誰かが勝つわ」

「縁なし眼鏡の男を医者の伜《せがれ》だと馬鹿にしてるかと思うと、自分の名刺にも医学博士と刷りこんである。ちょっと驚いたね」

「あいつは、博士号は持ってないわ。ああいう男が、同じ医者として扱われるのがいやなの」

　コーヒーが運ばれてきた。熱いのに代えて頂戴《ちょうだい》。女はそう言って、自分のカップをボーイの方へ押しやった。

「電話をくれたの、あたしを口説くためじゃないわよね？」

「専攻は心理学かい」

　女は、四十をいくつか越えているように見えた。痩《や》せているので、なおさら老けて見えるのかもしれない。派手なスカーフが、かえって痛々しく感じられた。

「最近は、心療内科というのもあるのよ」

「俺には必要なさそうだ」

「あれだけの博奕《ばくち》ができる男にはね」

　女の名刺には、内科とあっただけだ。大崎《おおさき》内科。大崎ひろ子。縁なし眼鏡の男は、商売敵なのかもしれない。

「頼みたいことがあった」

「条件はあるわよ」

「さきに、そっちを聞こうか」

「要心深いのね」

「あんたとひと晩付き合う。そういうことはしない」

「男の喜ばせ方は、かなり研究してるのに。見た感じほど、躰《からだ》も貧弱じゃないのよ」

女が笑った。プラスチックの義歯らしい。黒ずんだ前歯が見えた。

「無理を言う気はないわ。男に吸いあげられた経験があってね。いまは、ポーカーが男の代りなの。男以上に、思う通りにはいかないけど、だから熱中するのかもしれない」

「条件を言えよ」

「あの時の手を、教えて」

「クラブとハートのジャックのワンペア」

「あたし、クイーンのスリーカードよ」

「そりゃ、結果さ」

言ってみただけだった。私が自分のカードを見ていないことは、ひろ子も知っているはずだ。

「それだけでいいのかい？」

ひろ子のコーヒーが運ばれてきた。

「なにを頼みたいの？」

「人を捜している。名前は町田静夫。糖尿の持病を抱えている。一日一本、注射をしないと駄目らしいんだ。この街の人間じゃない。保険証も持っていない」

「わかったわ。自費でインシュリンを打ってる、糖尿のクランケね」

「捜せるかね？」

「ポーカーと同じよ」

わからない、という意味でひろ子は言ったのだろう。わからないと言えば、人生のすべてがわからない。

「いつまで？」

「できるだけ早く。ほかにも、捜しているやつが現われた。そいつと、さっきまで一緒だったよ」

「少し惜しくなったな」

ひろ子は、コーヒーを口に運んだ。

「土曜は、診察は休みか？」

「午前中だけよ。やっぱり、惜しい気がするわ」

「糖尿病の患者は？」

「七、八人ってとこね。あなたが捜してる人じゃないと思うわ。全員、二年以上通ってきているもの」

「少なくとも、ここ二、三か月のことだ。しかし、町田は自分でインシュリンを注射するらしい。噂《うわさ》だがね」

「糖尿病は、そうなの。毎日だから、ふだんは自分で打って貰うわ」

昼食時を少し過ぎているので、客の数は少なかった。ホテル・キーラーゴと違い、ビジネスマンふうの客がほとんどだ。

「この街の医者は、全員顔見知りよ。それがネックね、彼にとっては」

「しかし、情報を貰いたくない相手ってのはいるんだろう。あの縁なし眼鏡みたいに」

「あの男は特別ね。鼻もちならないってやつよ。父親の政治力が、自分の力だと錯覚してるの。そのくせ、女にはまるっきり自信がなくて、自分からどうこうするってことは、絶対できないわ。お金を払って相手をしてくれる女でなくちゃ駄目なの」

「相当、嫌いみたいだな」

話題が縁なし眼鏡の方にいったので、私は笑いながら応対した。この女が心の底に抱いている切なさに似たものを、直接ぶっつけられたくはなかった。

「何者なの？」

「ただの男さ」

「私立探偵って感じね。もっとも、浮気の調査じゃないみたいだわ」

「東京から、そいつを消しにやってきてる男がいる。どうしても、さきに見つけなきゃならないんだ」

「活劇ふうね。好きよ、そんなの」

「ひとつ、忠告していいかね？」

「男でも作れっていうの？」

「潮時ってやつを逃がすなよ。三時間勝負をする間に、最低一度は潮時ってやつがある。その時、大きく張れる思いきりが必要だな」

「博奕《ばくち》には、むいてないと思う？」

「博奕好きが百人いたら、むいてるのはひとりだと思ってればいい。自分が駄目だと思った時からすべてが駄目になるさ。裏目って言葉があるだろう」

「博奕で、かなり儲けた？」

「儲けたかどうかは別として、勝とうと思った時に負けたことはない」

「ほんとに？」

「自分に、そう思いこませてるのさ」

女が笑った。

私はコーヒーを飲み干し、腰をあげた。

「恋人に言うような科白《せりふ》だがね、君は白衣が一番似合うだろうと思う」

「気障《きざ》な言い回しじゃなくて」

「そういう科白も、君になら似合う」

「男で苦労をしすぎたな。肝心なところでちょっと身をかわされると、もう押せないのよね」

「そこが、いいところさ」

私は手を振って、レストランから出た。

駐車場の車。ロックを解く前に、足まわりを見ながら、ゆっくりと一周した。電気系統に爆弾を接続して、イグニッションを入れると爆発するという方法がある。日本では、派手すぎる方法だった。

南アで、私はそれをやったことがあった。爆薬の扱いを教えてくれたのは、爆破専門の兵士だったという男だ。

それで、二人同時に殺した。

南アで、そういうことをやるようになったのは、女を射殺したことを当局に知られたからだ。反アパルトヘイトの活動家たちと連携があった女を、当局は以前から狙《ねら》っていたらしい。そこへ、私が現われたのだ。

当局は、私を殺人者として追うのではなく、金で雇おうとしてきた。どうでもいい心境だった。裏切った女を殺してしまうと、すべてが終っていて、次にやることはなにも思いつかなかったのだ。殺す相手が誰なのか、ということにも関心はなかった。殺しの標的にされた人間でも、運がよければ生き延びる。死ぬ時は、病院のベッドの上で、医者に取り囲まれていても、簡単に死んでいく。誰も、寿命というものに、ほんとうに触れられはしないのだ。

車に乗った。エンジンをかける。

オートバイが一台付いてきた。構わずに、私は産業道路の方へ出た。大型トラックが行き交っている。ほとんど、工場と港のピストン輸送だろう。

オートバイは、隠れて付いてくるというふうではなかった。時には、後方五メートルほどの距離まで近づいてくる。

工場が見えてきた。私は走り続けた。次々に工場が後ろに遠ざかっていく。真直《まつす》ぐ行けば、やがて道路は狭くなる。昔の街道そのままの、片側一車線だ。産業道路は、三車線ある。この街の再開発の時、まず造られたのがこの道路だったらしい。それから、誘致された工場が進出してきた。

道幅の狭い、古い街道に入った。

村がいくつか散在しているだけで、大きな街はしばらくない。登りになった。踏みこんだ。オートバイも付いてくる。

途中から、舗装された広めの農道に入った。そのまま進めば、やがて別の街道に出るはずだ。

二速に落とした。コーナーに切りこむ。抜け際には加速が最大になっている。内側に傾きながら、オートバイもきれいにコーナーを曲がってくる。多少、距離をとっていた。私の車がスピンでもすれば、避けようがないだろう。後輪を滑らせ、横にして停《と》めることも可能だ。それも、充分計算に入れているようだ。左へのコーナーの方が、右へのコーナーの時より距離をあけていた。

きつい登り。二速で全開にした。オートバイはすぐ後ろに付いてくる。落ち着いた運転だった。振り切るのは難しそうだ。

登りきると、急な下りになった。瞬間、私はブレーキペダルに断続的に数回、軽い圧力を加えた。それからペダルを押しつける。オートバイは、減速しきれなかった。私の脇を、走り抜けていくしかない。

私の方が、追う立場になった。

ぴたりと距離を詰めた。ほとんど、バンパーがオートバイの後輪に触れそうな感じだった。コーナー。ぎりぎりに車体を傾けて、さらにぶらさがっている。また登り。山間《やまあい》の道だ。このアップダウンが、かなり長く続く。

下り。直線。三速から四速。全開だった。オートバイなら、登りよりずっと恐怖感が大きいはずだ。差を詰めた。一メートル。そんなところか。

コーナー。私の車が尻を振る。あまり大きくカウンターは当てず、ドリフトで曲がった。二度、オートバイのテイルに、フロントバンパーが触れた。またコーナー。完全にぶらさがっている。なかなかの腕だった。

街道が近づいてくる。そこに出る前に、私はエンジンブレーキで減速していって、路肩に停めた。

クイック・ターンをして、オートバイが引き返してくる。私の車と鼻面を突き合わせるような恰好《かっこう》で停め、スタンドを立てた。

私は車を降りた。まだオートバイに跨《また》がったまま、坂井がヘルメットをとった。

「洒落《しゃれ》た遊びをやってくれるじゃないか」

「下り、狭いから怕《こわ》かったですよ。その分、気持よくもあったけど」

「特別の用事は、ないらしいな」

「どんな運転をするのか見ようと思いましてね。車の扱い方で、どういう人間かは見当がつく」

「それで？」

「死ぬことを、なんとも思っちゃいませんね。というより、死ってやつの線が、普通の人間よりずっとむこうにある」

「ほう」

坂井がオートバイから降りた。額にかいた汗を、掌《てのひら》で無造作に拭《ぬぐ》っている。

「久し振りに、俺も肌をヒリヒリさせながら走りましたよ」

私は、坂井の腰を狙って蹴《け》りつけた。軽くステップを踏んでかわしてくる。そこに、右の拳《こぶし》を叩《たた》きつけた。ヘルメットを放《ほう》り出しただけで、坂井はそれもかわした。

「よしましょうよ、叶さん。俺はあんたの腕が、ほんとに藤木さんが言うほどのものか、確かめたかっただけですから」

「こうやって確かめるのが、一番だぜ」

ワン・ツーを出した。空を切った。坂井の顔に戸惑いの表情が浮かんだ。次に出した足は、最初の蹴り以上のスピードがあった。膝《ひざ》の横。当たった時は、肘《ひじ》を顎《あご》に叩きこんでいた。坂井の躰が揺れる。立て直し、姿勢を低くしようとした坂井の顎の下に、ナイフを当てがった。刃は開いていない。ただ坂井は、刃の冷たさは感じただろう。動きが静止した。指さきで、刃を押し開ける。その間、顎には突きあげる力を加えていた。退《さ》がった。ストッパーを押し、刃を折り畳んだ。バックの、煙草《たばこ》よりも短いナイフだ。

坂井が、踏み出してこようとする。革ジャンパーが、パクリと裂けた。

「小僧は、小僧らしくしてろ」

立ち尽している坂井に背をむけ、私は車に戻った。

13　電話

安見と中里充が出てくるところだった。

二人とも、変速ギアのついたサイクリング車だった。私を見て、ちょっと頭を下げる。

扉を押すと、秋山の背中が見えた。

「油を売ってるのかね、秋山さん？」

「そんなふうに見えるかな」

「御視察って感じじゃない」

私はカウンターに腰を降ろし、コーヒーを頼んだ。

「今日は、キーボックスにキーを落としてきた。きのうは、うっかりしてたよ」

「パーティの人間に混じってバスに乗ったのも、うっかりしてかね」

「人が流れていく方に、行っちまう癖があってね」

菜摘《なつみ》が豆を煎《い》りはじめた。秋山は、なんとなく外を気にしていた。

「様子を見に来たんですよ、安見の。男の子と一緒だと心配らしくて」

「サイクリング車で、海水浴場の方へむかっていったぜ。あのさきには、モーテルが何軒もあるしな」

「ほんとか？」

「冗談よ。川中さんのところへ行くと、言ったばかりじゃありませんか」

菜摘が笑った。私はシガリロに火をつけた。秋山が、自分の前の灰皿を押して寄越す。

「仲はよさそうだった」

「それは、いいお友達ですもの」

「大丈夫なんだろうな、おい。むこうの家庭はどんなところなんだ？」

「よそ様の家庭のことなんか、言えた義理じゃないでしょ。心配いりません。駅のむこうの、大きな旧家ですよ」

「そういう家は、うるさいんだ。爺《じい》さん婆《ばあ》さんまでいてな」

「なに考えてるんです、あなた」

「そうだよな。安見はまだ中学一年で、十三歳だ」

私は、窓のむこうの海の方に眼《め》をやっていた。こうして眺めていると、海が毎日違う表情をしているのがわかる。

私が育ったところには、こんな店など勿論《もちろん》なかった。高い防波堤に登らなければ、海は見えなかったのだ。海を見るのは、出漁した船が戻ってくるかどうかを確かめる時だけだった。

「ところで、大騒ぎになってるな。君のなんとかいうピアニストの話のせいだぞ」

「沢村明敏？」

「違いますよ。デューク・エリントンとジョン・コルトレーン。『イン・ナ・センチメンタル・ムード』を、どうしても安見が聴きたがって。中里くんにも、その話をしたらしいんです。ここから川中さんのところに電話して、レコードを借りに行きましたよ」

「持ってたのか、彼は」

「ひとりで、海を眺めながらレコードを聴く。ちょっと気障だが、あいつがやると、それなりになるほどと思えてね」

「開店前の、シェイクしたドライ・マティニーとかな」

「まったくだよ」

「孤独な男なんだろう」

「そう、思うのか」

「明るくて、人懐っこくて、それでいながらどうしようもなく暗いものが底にある」

「叶さん。君の職業は？」

「私立探偵」

大崎ひろ子に言われたことだ。

私は東京に、ちょっとした規模の店を一軒持っていた。実際にやっているのは私の女で、私が顔を出すことは滅多にない。その店の収益だけで、私は楽に暮すことができた。

代官山《だいかんやま》に二LDKのマンションがある。駐車場にうずくまっているのは、フェラーリ328だ。仕事の時、その車は決して使わない。

「川中が、沢村というピアニストを連れてきた。それも、やっぱり孤独だったからだろう。沢村が弾くピアノに、なにか感じたんだよ。自分にないものをな」

「あれは、一流のピアニストだったんだぜ」

「家内から聞いたよ。そのころ俺は、フロリダで懸命に働いていたからな」

「日本のジャズも、悪くないんだ」

「俺はわからん。わからんから、安見がやることにもケチを付ける気はないさ」

「立派な父親だよ」

「皮肉か？」

「いや。安見ちゃんはいい子だ。あの中里って坊やもな」

コーヒーが出された。

「あんたのホテルのスペシャルメニューに、なぜこのコーヒーを入れないんだ？」

「こんなもの、ひっそりと飲むのがいいのさ。コーヒー好きの人間が、ひとりでやってきて、静かに海を眺めながら飲む。もっとも、通りがかりのドライバーの方が、客の数としては多いらしいが」

「キドニーは、ここのコーヒーを味わうために、自分の事務所じゃひどいものを出してるな」

「まずいものがあって、うまいものがある。悪があるから、正義がある。あいつはすべてそうだね。あるものはなんでも受け入れる、川中とは対照的だ」

「光と影じゃないのかな」

「言い方が気障だよ、叶さん」

「川中とキドニーのことだからさ」

しばらく香りを愉《たの》しんで、私はコーヒーを口に運んだ。

菜摘が、BGMをとめた。波の音が聞えてくる。秋山が眼を閉じた。夫婦の邪魔をしているのかもしれない。そんな気がしたが、この店で約束があった。

車の音。私は入口に眼をやった。扉が開いて沢村が入ってきた。

菜摘が、ちょっと驚いたような声をあげた。沢村は、私の隣りのスツールに腰を降ろした。ものめずらしそうに、店の中を見回している。秋山が、やあ、と挨拶《あいさつ》をした。それに対して、沢村はちょっと頭を下げただけだ。秋山と菜摘が夫婦であることを、知らないのかもしれない。

「なるほどな。コーヒーがうまそうな感じがするよ。それに、カリフォルニアにでもありそうな建物だ」

「フロリダだそうですよ。こちらは秋山さんの奥方でね。秋山さんは、長いことフロリダ

えがあるのかもしれない。

「奥さんですか」
沢村がちょっと首を傾《かし》げた。同じ舞台に立ったことがあると言っていたから、顔に見憶《みおぼ》えがあるのかもしれない。

「沢村さんに、コーヒーを。うまい店があると言って、わざわざ来て貰ったんだから」
慌てて、菜摘が豆を煎りはじめた。

「叶さん、ここはどうして？」

「通りがかりに見つけたんですよ。ちょっとばかりバタ臭い建物があったんでね。東京だったら入ったかどうかわからないけど、田舎にこんな店とはね。わかるでしょう？」

「この街に来てから、部屋と店の往復しかしてないからな」

「ホテル・キーラーゴは？」

「そこも行ってない。秋山さんは、店にみえたことがあるが」
薄皮をピンセットで除いている菜摘の手もとを、沢村は見つめていた。

「ずいぶんと、手間をかけるね」

「たかがコーヒーですけど、手間をかけてやれば味が出ます。ジャズと同じですわね」

「ほう」

「人生を弾く。そんなものでしょう。どんなに技術があったところで、ジャズは弾けませんよ。音楽学校で勉強しました、というような音になって」

「そういうものだ、確かに。それが、この歳《とし》になって、ようやくわかってきた」

「わかってらっしゃいましたわ、前から。いい音を出すために、どんな生き方をすればいいのかって」

「あなたとは、どこかでお目にかかったような気がするんだが」

「東京のクラブです。先生の伴奏でうたわせていただいたこともあるんですよ」

「シャンソンじゃなかったかな。『ミラボー橋』。アポリネール。詳しくは知らないが、あなたは客席にむかってそんなことを言っていた」

「そうですわ」

「やっぱり。悪くなかったよ、あなたのシャンソンは」

「まさか。だから、こんなところでコーヒー屋をやってるんです」

「そういう人生をうたうのが、シャンソンだったじゃないか。アメリカのジャズ、フランスのシャンソン」

「スペインのフラメンコとかイタリアのカンツォーネとか、みんな同じなんですかね、先生」

　言いながら、私はもう一本シガリロをくわえた。

「日本の演歌もな」

秋山が口を挟む。

「少しずつ、思い出してきたよ。私は、あなたのうたの伴奏をするのが、いやじゃなかった」

「すみませんと言うと、いいんだよと先生は笑ってらしたわ」

「いい店を教えて貰ったよ、叶さん」

「秋山さんが嫉妬《しっと》深いんで、それだけは注意してください」

「おい、叶さん」

「娘に対してだけですわ。中学一年の娘がおりますの」

「中学？」

「あたしは、後妻なんです」

「あの時のシャンソンのお嬢さんが、いきなり母親になってしまったわけか。月並だが、これも人生ってことかな」

菜摘がコーヒーを出した。沢村が、かすかに頷《うなず》いた。波の音が大きくなったような気がした。香りまで、音になったような感じだ。

「この店にも、いろいろ人生があったらしい。藤木も坂井もここに住んでいたことがあるそうだし、サンドバッグみたいに殴られた川中が寝てたこともあるそうです。俺が建て替える前の話ですけどね」

「実は、私もフロリダでしばらく暮したことがあってね。暖かいし、のんびりしているし。そんな場所に連れていってやりたい女が、いたんですよ」

薬も、簡単に手に入っただろう。コーヒーを啜《すす》る沢村の横顔に、私は眼をやった。女にも自分にも、薬が必要だったのか。

「その女の方は？」

「死にましたよ。呆気《あっけ》ないもんだった。おはようと言って、一時間ぐらい後に。私が殺したようなものだったな」

「そんな」

「いや、いまでもそう思うよ。自分で言うのも変だが、私は優しすぎるほど心優しく生まれついてしまってね。自分の持っている優しさのすべてを、女に注《つ》ぎこんでしまう。はじめは心を打ちふるわせていた女が、やがて私の優しさを負担に感じはじめる。私の優しさとは、そういうものだったらしい」

沢村がコーヒーを啜った。私はシガリロを揉《も》み消した。

「フロリダの、どちらに？」

「マイアミさ」

「うちのホテルに、クルーザーがあります。フロリダで船長をやっていた男に任せてあるんですよ。あそこの海を思い出したい時は、いつでも言ってください。日本の海も、悪くはないんですよ」

「だろうね。川中さんを見ていると、そう思う」

「沢村先生、もう海は沢山ですわよね」

「正直言って、そうだね。帰国して、熱海にいたり、この街に来たりで、やはり海とは縁が切れないが」

「亡くなったの、いつですか？」

「一年も前かな」

「病気で？」

「そうだね、病気だったんだろう。病気にも、いろいろあるが、死んでしまう時期が、来ていたんだと思うよ」

「同じようなことを、よく俺も考えますよ。人が死ぬのを見る時に」

「私は、なにをしたと思う、叶さん」

「どういう意味です？」

「つまり、女に死なれた時にさ」

「さあ」

「ピアノを弾いたよ。ところが、ピアノはなかったんだ。テーブルで、ピアノを弾く恰好をしてたってことだな。音は、確かに聞えていた。しかも、いい音だった」

「そんなもんですか」

い。

「いま、あの時の音が出ないんだよ」

私は、海の方に眼をやった。小さな漁船が一隻、波の間で揺られている。沢村も、そちらへ眼をやった。菜摘が、ＢＧＭをかけた。ありふれたポップスだった。いまは、それがいい。

「いかん。油を売りすぎてしまった」

秋山が、腰をあげた。私と沢村に挨拶して出ていく。

「しっとりした雰囲気というのが、苦手なんです、あの人」

「わかるような感じもするな。秋山さんは、川中さんや宇野さんより、ずっと強いのかもしれん。なんとなく、そんな気がする」

「叶さん、藤木さんといろいろあったみたいですわね」

「それほど大したことじゃない。少々のことで、動じる男でもないでしょう」

「大抵の男の人は、わかると自惚《うぬぼ》れてますのよ、あたし。ちょっと話をした人ならね。叶さんは、摑《つか》みどころがありませんわ」

「そうだ、映子ちゃんをよびませんか」

菜摘の言ったことは無視して、沢村に言った。

「電話番号を、きのう聞き出しましてね。ところが、なかなか呼び出す理由が見つからない。沢村さんがいるのは、ちょうどいいや」

「なぜだね？」

「子供みたいな恋愛をしてますね、二人で」

「よしてくれ。もう恋愛という歳でもない」

「まあ、いいでしょう。彼女も退屈しているかもしれないし」

ピンク電話に、十円玉を落としこんだ。

三回目のコールで、彼女は出た。コーヒーを飲もうじゃないか。ありふれた誘いだった。客からは、しばしばそういう誘いがかかってくるだろう。ありふれた断りの科白を聞く前に、沢村もいると付け加えた。

「来るそうですよ」

沢村の表情は動かなかった。

14　拳銃《けんじゅう》

四十分ほどして、店の前にタクシーが停《と》まった。

白と黒のチェックの上着に、黒いセーター。店で見るよりも、かえって大人っぽい感じがする。

「どうしたんですか、こんな時間にお二人でコーヒーなんて？」

「少女趣味かな？」

「そんな意味じゃなくて、なんとなく意外な感じがしただけですわ。この街に、こんな店ができたなんて、あたし知りませんでした」

「ホテル・キーラーゴの秋山氏がオーナーらしい」

「お二人が肩を並べてだと、なんとなく屋台かなにかだと思いました。そんなところで、お酒を飲んでると似合いますよ」

沢村が、声をあげて笑った。菜摘が豆を煎りはじめる。

「ここ、昔は屋台みたいな店があったような気がするけど」

「あたしがやってたころは、屋台みたいでしたわよ」

「ごめんなさい。でも、古い建物でしたわよね」

「ほんとに。潮風で倒れるんじゃないかという気がしたわ」

「こんなふうに、変ってしまうものなんですね」

「人間みたいにね」

菜摘がちょっと笑った。土曜日の午後だというのに、新しい客は現われない。

私は、別の人間が入ってくるのを待っていた。それで、確かめられることがある。沢村が、コーヒーをもう一杯頼んだ。豆を煎る香りに誘われたらしい。

待っていた人間は、すぐに入ってきた。トレンチをきっちり着こみ、ベルトを締めあげているが、ネクタイだけは結び直したようだ。

カウンターには腰かけず、ちょっとカン高い声でコーヒーと言うと、窓際のテーブルに腰を降ろした。私を知っているような素ぶりも、見せなかった。

警察が、水野圭子を、つまり映子をマークしてこの街へやってきたのは、これで確かになった。沖縄へ行った女からも、東京にいる女からも、はかばかしい線は出てこなかったのだろう。

「沢村さんの住いは、彼女の近くですか?」

「車で五分といったところかな。川中さんが用意してくれた」

「あのビートルは?」

「あれは、前から私が乗っていた。ああいう車が好きでね。何台目になるかな、あれで」

「似合ってはいますよ」

「身についた服みたいなものさ」

映子が、小さな箱を出して沢村に差し出した。

「お気に召すかどうか。いつも同じアスコットをなさっているから」

菜摘が、コーヒーをテーブルの方へ運んでいった。映子と沢村のものは、一緒に淹《い》れるつもりらしい。

「お安くないな」

「女性から、ものをプレゼントされるのは、久しぶりだ」

「よく送っていただきますもの。タクシー代が浮いたんです」

「通り道さ」

沢村が包みを解いた。淡いグリーン系のアスコット。悪い趣味ではない。

「今夜、仕事の時にさせて貰うよ」

映子がどういうつもりなのかは、わからなかった。昨夜の私の科白を、すべて真に受けたとも思えない。別の計算でもあるのだろうか。

テーブルの方からコーヒーを啜る音が聞えた。水島は、香りなどにはあまり関心がないらしい。

「どうなさったの、叶さん？」

「ひがんでるのさ。君たちの間には入れそうもないし、ここのママにゃ亭主がいるし」

「一緒に、お話なさればいいわ」

「なさればいいか。まったくそうだよな。君は少女で、沢村さんは少年だ」

「悪いことをした。君が映子ちゃんを呼んだのにな」

「彼女が来たのは、沢村さんがいたからですよ」

水島は、カウンターの会話に耳を傾けているのだろう。それほど寒くもないのに、トレンチは着たままだ。

「俺は、失礼するよ」

「あら」

菜摘が顔をあげた。私はただ、片眼をつぶってみせた。

外に出て車に乗りこみ、エンジンをかけた。水島は出てこない。海沿いの道を、しばらく走った。目立たないように、白い車が一台付いてくる。あの駐車場から出てきた車の尾行を、水島は手配していたに違いない。

十分ほどのんびり走ると、水島の車が追いついてきて、白い車と入れ替った。紺のグロリアらしい。差をつめ、抜いて私の前で停止した。

「免許証、というところだがね、普通は」

「自分の車があるくせに、今朝は俺のをタクシー代りにしやがったな」

「水野圭子、店じゃ映子か。君とどういう関係なんだ」

断りもせず、水島は助手席に乗りこんできた。私は、いきなり車を発進させた。

「おい、叶」

「警官に停止を命じられたわけじゃない。あんたの車は、赤色灯も出さなかったしな」

「俺の車は、キーを付けっ放しだ」

「白い車が、追いついてくるさ」

「あれは引き返させた。警察車を盗まれたとなりゃ、始末書ぐらいじゃ済まんのだぞ」

「やめたらどうかね、刑事を」

「勝手なことを言うな。とにかくUターンだ」

「ここは禁止だぜ」

「どこかに尻を突っこんで回ればいいんだ」

私は車を停めた。

「降りな」

「戻れ、車まで」

「叩き出すぞ。俺の車に勝手に乗りこんできて、停まれとかUターンしろとか、よく言ってくれるじゃないか」

「逮捕してやろうか」

「望むところだね」

私はシガリロに火をつけた。エマージェンシーを点滅させる。

「逮捕されたら、どういう眼に遭ったか、全部言ってやる。公にだぞ。警視庁の刑事が、自動車強盗の真似《まね》をしたとな。俺はすぐ釈放されるさ。この街に、顧問弁護士がいるんでね」

「弁護士だと」

「宇野という名前だ。所轄署で訊《き》けば、大抵知ってるだろう」

「いまいましい男だ、まったく」

前方には、港の倉庫の屋根が見えていた。車内にシガリロの香りが満ちたのか、水島は窓を開けた。海の音と潮の匂《にお》いが流れこんでくる。

「君と映子は、どういう関係だ？」

「客とホステスさ」

「なんの用で、あの店で会った」

「会ったのは、俺じゃない。見てただろうが」

「あのおっさんは、きのうも君と飲んでたな。あいつに会いに来たってのか？」

「そうだろう。プレゼントまで持ってた」

「君が映子を呼んだ。おっさんは確かそう言ってたぜ」

「まったく、よく聞いてるもんだ。あの二人は、なんとなく好き合ってる。俺が、仲介の労をとったってわけだよ」

「それだけか」

「降りろよ、水島」

「歩いて、車まで戻らせる気か？」

「俺とゴタゴタを起こすと、あんたの仕事が表沙汰《おもてざた》になっちまうぜ。せっかくここまで来たのに、水の泡だ」

「礼はするぞ、すぐにでも」

「二度も車に乗せてやったのに、恨まれなきゃならんのかい」

舌打ちをして、水島は車を降りた。シガリロが短くなるまで、私は歩いていく水島の姿をミラーの中で眺めていた。

映子の外出に、すぐ食らいついてきた。水島も、町田の糸口が摑めないのだろう。

映子が、尾行に気づいた様子はなかった。ここで気づかれれば、すべてはまた振り出しに戻る。それは水島にもよくわかっているに違いない。相当慎重な尾行をやったはずだ。

町田を追ってきているのは、いまのところ警視庁だけなのか。町田に、いろいろと喋《しゃべ》らせたいと思っている人間もいるはずだ。その連中は、まだN市にまで眼をつけていないと考えていいのだろうか。

動きたくても、動きようがなかった。動けばなにかにぶつかる。そうも考えられるが、危険が大きすぎた。身辺の異常を感じたら、町田はまた姿を消す。じっと待つしかなかった。相手の手を読みきれない、ポーカーのようなものだ。

シガリロを指で窓の外に弾《はじ》き飛ばし、私は車を出した。

港を通り過ぎ、海沿いの道を走ってホテルに戻った。

にこやかに、フロントクラークがキーを差し出した。

部屋へあがっていった。ドア。いつもの習慣。きれいに清掃がしてあった。テーブルの花籠《はなかご》も新しくなっている。

ベッドに腰を降ろし、大き目のアタッシェケースのキーの番号を合わせた。開ける。二重底のように細工してある。ちょっと見にはわからないほどだ。

底蓋《そこぶた》を開け、収《しま》っているものを出した。

かなり銃身の長いリボルバーだ。SW・M48。ラッチを押し、弾倉をフレームアウトさせた。二二マグナム弾を装塡《そうてん》していく。

拳銃弾《けんじゅうだん》の中では、最大の弾速を持っている。破壊力より、貫通力が特徴の拳銃だった。命中精度もいい。

弾が装塡された弾倉を、風車のように一度回した。小気味のいい回転をする。油をくれてやるのは、怠っていない。

弾倉をフレームに戻した。壁にむかって構える。撃鉄を起こす。銃が、次第に躰の一部になっていく。

威力の大きな拳銃は、好きではなかった。躰のどこかに当てれば、それで済んでしまう。二二口径弾だと、そういうわけにはいかなかった。急所に命中しないかぎり、大したダメージは与えられないのだ。

パイソンを使ったこともあれば、四四マグナムを使ったこともあった。頭に当たれば頭が、肩に当たれば肩が、潰《つぶ》れてしまったような状態になる。屍体《したい》が、美しくないのだ。

構えたまま、私は五分ほどじっとしていた。それからアタッシェケースを閉じ、拳銃はベッドの中に入れた。

南アで、本格的に拳銃の稽古《けいこ》をした。もともと素質があったのか、すぐにうまくなった。抜撃ちもやれば、コンバット・シューティングもやった。四十メートル。それ以内であれば、どんなポジションからでも、マッチ箱を撃ち抜ける。

やってみないか、と誘われただけだった。私の仕事には、拳銃の腕も必要だった。もっとも、南ア当局の仕事は、三度だけしかしていない。縛られるのが、嫌だった。だから、私が当局と呼んでいるものが、どういう種類の組織かも、知ろうとしなかった。

南アにいたのは、一年足らずだ。

それからロスへ渡った。

帰国したのは、六年前だ。私は、二十万ドルほどの金を持っていた。いつの間にか、それだけ溜《たま》っていたのだ。

その金で、店を買った。

はじめは、自分で店に出ていたが、四年前からは女に任せている。

帰国してからは、半年に一度の割りでしか、仕事をしていない。依頼はかなりあった。どこから聞きつけるのかはわからなかったが、月に一度は必ずある。

電話が鳴った。

「警察と、なにかあったのかね？」

秋山の声は、かすかに笑みを含んでいる。

「いま、要注意人物として通達が回ってきたところでね」

「早いな」

「なにをやった？」

「刑事をひとり、苛《いじ》めてやったよ。ついさっきのことだ」

「なぜ？」

「態度が、横柄だったからさ」

「それだけかね？」

「悪いか。俺は、横柄なやつってのが、一番嫌いでね」

「まあ、この通達が当てになったためしはないんだが、次に刑事に会った時は注意するんだな。煙草を捨てても、逮捕しかねないぞ」

「それも横柄な話だ」

「暇なのさ、連中」

電話が切れた。水島は、少しでも私の動きを牽制《けんせい》しておこうと考えたのだろうか。

夕方になっていた。

服を脱ぎ、熱いシャワーを浴びた。

15 怪物

無理に誘われたわけではなかった。

メンバーの中に映子も入っていた。それで行ってもいいという気分になった。いい船だ。『レナⅢ世』と船首のところに書かれている。いかにも速そうだった。

「船には強いかね、叶さん?」

艇長は川中のようだ。助手に坂井が付いている。ほかには、沢村と映子だけだ。冬の海を走りたい、と沢村が川中に頼んだらしい。

「酔ってみなくちゃ、わからんな」

「酔いで死んだやつはいない。それだけは安心してろよ」

海の上まで追いかけることができなくて、水島はやきもきしているだろう。もしかすると海上保安庁の船でも調達するかもしれない。海上での尾行は無理だから、別な理由をつけて臨検する可能性もある。私は、銃を持ってきていなかった。バックの小さなナイフだけだ。それならば、釣り用だとも言えるし、果物ナイフだとも言える。

坂井は、私を見てもなにも言わなかった。一度だけ、眼が合った。川中が呼ぶまで、坂井は眼をそらそうとしなかった。

舫《もや》いが解かれた。

ハーバーの中を、『レナⅢ世』は微速で前進していった。川中が号令をかけ、坂井が復唱する。私たちは、狭いコックピットで、離れていく陸地を眺めていた。

揺れがきた。全速前進《フル・アヘッド》。川中の声が飛ぶ。躰に加速を感じた。揺れが、振り落とされるようになくなった。

「どういう心境なんです、沢村さん？」

「爽快《そうかい》な風に当たってみたいと思ってね」

「これは冷たすぎるな」

「それもいいじゃないか」

「防寒の準備は、これでもかというほどしてきましたがね」

どれほどのスピードが出ているのか、見当はつかなかった。私の祖父や父が乗っていた漁船とは、まるで違うものなのだろう。時折、舳先《へさき》が波をたち割る。顔に当たる飛沫《しぶき》は、痛いほどだった。

「どこまで行くんだね、川中さん？」

「どこまで行きたい」

「海のことは、わからんよ」

「お化けみたいなガソリンエンジンを、二基搭載している。距離は別として、満タンでも大して長い時間は走れんのだよ」

「ガソリンのエンジンか」

さらにスピードがあがった。私たちは、飛沫を避けるために、コックピットのかげで小さくなった。

「いいね」

「年寄りの冷や水ってやつですよ。こいつはまったくそうだ」

ヨットハーバーもホテル・キーラーゴも、もうほんの小さく見えるだけだ。時速にして、百キロ近く出ているのではないか、という気がする。

「スピード狂だな、川中さんも」

「少しエンジンのパワーを落とし気味にしてる。波が立ってるんで、跳ねるからな」

坂井は、風の中に立っていた。川中も、アッパーブリッジでまともに飛沫を浴びている。映子が、熱いコーヒーを淹れようとしていた。私が代った。揺れに対して、躰がそのまま付いていく。祖父の船にさえ、ほとんど乗ったことはない。それでも、躰の中になにか血のようなものがあるのか。船酔いはまったく感じなかった。

大きなカップに三分の一ほどコーヒーを注ぐ。それをひとつずつ映子が運んでいった。

「どういう心境なんだ、海を走ってみたくなるなんて？」

自分のコーヒーを取りにきた映子に、私は言った。

「沢村さんが、走りたそうだったの。それでも、ひとりじゃ気が進まなそうだったんで、あたしも叶さんも誘おうということになったんです。社長が言い出したんですよ」

「もの好きな男だ」

「誘いに乗る叶さんだって、そうですわ」

狭いキャビンの中は、暖かかった。甲板の身を切るような風が嘘《うそ》のようだ。舳先の方は、ベッドになっているらしい。

船の速度が落ちた。バウンドではなく、ゆったりした揺れが襲ってきた。その揺れにも、私は躰を合わせることができた。

「擬餌《ルアー》を流したところでね。大物はこないだろうが、鰤《ぶり》でも釣れたら見つけものだ。叶さんもやるかい」

「いや、見ていよう」

ファイティングチェアに腰を降ろしているのは、沢村だった。流れに仕掛けが引っ張られるためか、竿《さお》のさきが時々撓《たわ》んでいる。

「うまくすれば、生のいい刺身が食えるかもしれん」

「トローリングってのは、こんなふうにゆっくりやるのかね？」

「魚が追いついてきて、食ってもいいと思う程度のスピードってわけさ、これが」

「叶さん、私は昔、食えないころに鰹船《かつおせん》で働いたことがあってね。ホースで水を撒《ま》いて、集まってきたところをひっかけるというやつさ」

「ピアノだけじゃ、やはり食えませんでしたか」

「食えるはずがない。好きな曲を、好きなようにしか弾かない、未熟なピアニストに、誰が金を払うと思うね」

「弾けと言われたものを弾けば、多少の金にはなったでしょう」

「それは、あとでやったよ」

「女と一緒に食べていくために？」

「そう。それから、自分が食べるために」

女が死んでから、沢村はまたピアノをはじめたのだろう。フロリダにはピアノもなく、テーブルをピアノに見立てて弾いた、と言っていた。

「女と、自分の志と、天秤《てんびん》にかけて、女を選んだわけでしょう？」

「違うな」

「結果としてですよ」

「女と暮している間、私はピアニストとして堕落していなかった。それどころか、充実していたと思ってるよ」

「そうなんですか」

「志ってのは、なんだね？　自分が充実していれば、いい音が出る。芸術のことはわからないが、私のピアノはそうだったよ」

ジーッとリールが音をたて、糸を繰り出した。沢村は素速く竿を持つと、ストッパーを締めた。撓んだ竿のさきが、生きもののように跳ね回った。巻きあげていく。手網とフックを持って、坂井が舷側《げんそく》に立った。

手網を使った。大ぶりの鯖《さば》だった。

「まあ、こんなところだな」

川中は、跳ねる鯖の尻尾《しっぽ》を摑んで、大きさを確かめるような仕草をした。

スピードが遅いせいか、飛沫もあまり飛んでこない。私はアッパーブリッジに登った。ちょっとした高さで、海の感じはかなり違って見える。

祖父も父も、もっと小さな船に乗っていた。キャビンに、躰を丸めて横たわるスペースがある程度の船だ。私が乗るのは、掃除をさせられる時だけだった。漁具がきちんと整理して置いてあり、たとえ掃除のためでも、それを動かすとひどく叱《しか》られたものだ。

父が死んでから、掃除すらさせて貰えなくなった。祖父は、しぼんで皺《しわ》だらけになった祖母と、毎日のように二人だけで念入りに掃除をするようになったのだ。まるで、息子が船に代ったとでもいうような感じだった。

父が人を殺して刑務所に入っている間に、私は生まれた子供だった。それを知ったのは、祖父が死んだ直後だった。

人殺しの血。私はそれも恐れていたのかもしれない。まっとうな、人並みの生活。ほんとうにまっとうで人並みなら、わざわざそんなことを考えたりしないものだ。

母については、なにも知らない。教えてくれる者もいなかった。

「叶さん、船に強いじゃないか」

「気づかなかったよ、いままで」

「そんなもんだな。絶対に大丈夫だというやつが、ハーバーを出て二、三分でそのあたりに転がっていたりするもんだ」

「映子ちゃんは？」

「キャビンの奥のベッドに行ったみたいだな」

船のスピードが落ちてから、確かに映子の顔色は悪くなっていた。

「大丈夫かな」

「放っておきましょう、先生。大丈夫じゃなくても、どうしてやりようもないんだ」

川中が煙草をくわえ、ジッポで火をつけた。

坂井が、また仕掛けを投げ、手でテグスを繰り出した。適当なところで、ストッパーを締める。その力加減に、要領がいりそうだった。強く締めすぎると、大物がかかった時に、テグスが切られてしまう。緩すぎると、ちょっとした波や海流の力でもテグスが繰り出されてしまう。

私は、アッパーブリッジの手すりに腰を降ろし、仕掛けが流れているあたりに眼をやった。川中は、ポイントを捜して船を大きく蛇行させているようだ。舵輪《だりん》が、ゆっくりと回されている。

「坂井、代れ」

言われた坂井は、黙ってアッパーブリッジに登ってきて、舵輪を握った。川中も、細い竿を手に持った。

「革ジャン、台無しにしちまったな」

下には聞えないほどの声で、私は言った。

「心まで、バッサリやられたよ」

坂井の声も、同じように低かった。

「次にやる時は、もうちょっとましだと思う。きのうは、あんたのほんとの腕がよくわからなかった」

「次なんてないさ。その気になれば、俺はおまえの頸動脈《けいどうみゃく》も簡単に切れた」

「そうだよな。しかし、俺はこのまんま、負犬をやっていくのかい」

「腐るなよ、坂井。いつもここという勝負に勝っていると、おまえのボスみたいになっちまうぞ」

「社長？」

「他人に負けることを知らん。そういう男に見えるね。そのくせ、どこかにいつも敗北感を持ってる」

坂井は、前方の海を見ていた。舵輪は、ごくゆっくりと右に回されている。

「おかしな人だな、あんた」

「まっとうで、人並みだよ」

「藤木さんは、絶対にちょっかいを出すなと言った。あの人がそんなことを言うのはめずらしいんでね。逆に、ちょっかいを出してみたくなっちまったよ」

「おまえと遊んでる暇はなかった」

「負けは負けだよな」

「それがわかってりゃ、ほんとの負けにもならんよ」

「ほんとの負けってのは？」

「負けてることだって、忘れちまうことさ」

「生きたまま、死んでいるというやつだね」

「おまえの喋り方は、店とまるで違うな」

「店じゃ、ああやってる方が落ち着くんだ。こっちの自分がほんとだと、このごろわかってきたけどね。もうひとつだけ、言っといていいかい？」

「負けて、不思議に気分は悪くなかった。藤木さんが手を出すなと言うほどの男だってことも、よくわかった」

「それだけか」

「暇潰しにゃなんねえよな」

舵輪が、ゆっくりと左に回されていく。船は、ゆるやかなうねりの上に乗っていた。

「刑務所《なか》には？」

「一度だけだよ。そのままこの街に流れてきて、社長に拾われた」

「俺は、ああいう男が苦手でね。どうも好きになれん。秋山もそうだな。嫌いというわけでもないんだが」

「藤木さんは？」

「気になるね。そして多分、好きなタイプなんじゃないかとも思ってる」

「藤木さんも、気にしてるよ」

下で、リールが鳴った。沢村が竿を抱えこんでいる。竿は限界まで撓んでいるように見えた。船のスピードが、ぐっと落ちた。ほとんど停止したような感じだ。

「いまは暇さ」

リールが鳴りやまない。これ以上締めるとテグスが切れるか、竿が折れるかするだろう。テグスを少しずつ繰り出してやるしかないのだ。

「あんな竿を使ってる時にかぎって、大物が食いやがるんだよな。竿が魚に見えてんじゃないかと思うことがある」

坂井は、竿の方向を見ながら、船を操作していた。完全に停ってしまったというわけではないらしい。映子も、キャビンから出てきた。

「長い勝負になるよ、先生」

川中が言っていた。

「竿も折らず、テグスも切らず、どこまで相手を疲れさせられるかだ。辛抱できなくなって巻きあげりゃ、簡単に竿を折られる」

「望むところだね」

「そんなやわな竿だったんだ。二時間は観念した方がいい。保《も》つかな」

「やらせてくれ、川中さん」

「いいですよ。途中で音をあげたら、俺が代りましょう」

「意地でも、頑張るさ。ここで頑張れないようだったら、私はもともと駄目なんだ」

「大袈裟《おおげさ》だな、先生は。たかが魚ですよ、相手は」

沢村は、もう喋らなかった。じりじりと巻きあげる。すると魚が、また引きはじめる。巻いた分よりも多く、テグスが繰り出されてしまうこともある。リールのストッパーは、竿の強度ギリギリのところまで締めてあるようだ。

隙《すき》を見て、川中がファイティングチェアに付いたベルトを、沢村の躰にかけた。

「なにがかかったんだろう？」

「さあ、いまのところ、深いですよ。底へ底へとむかってる感じがする。船の下を回られちまうと、面倒でね」

同じ場所で、船がぐるりと円を描いたような気がした。片方のスクリューを前進、もう片方を後進にしているようだ。コックピットのレバー操作は、そんな感じだった。

私はシガリロをくわえ、掌でマッチを覆って火をつけた。錆《さび》だらけになったピアニストが、どれほど闘えるのか見物するのも悪くない。本物の錆なら、本物の錆の味があるはずだ。

「大丈夫、沢村さん？」

「君は？」

「あたし？」

「酔ってたみたいじゃないか」

「外に出てる方がいいみたいです。風に当たってる方が。それより、汗びっしょりになってますわ。拭《ふ》いてもいいですか？」

「頼むよ」

映子は、まず沢村の眼をハンカチで押さえるようにした。それから額、こめかみ、頬《ほお》と拭っていく。首筋も丁寧に拭っていた。

「かなりのもんだな、これは。昼寝でもして待った方がいいみたいだ」

「社長、沢村さんが頑張ってるんですよ」

「釣りっての、ひとりでやるものなんだ。坂井なんか、こっちが帰りたがってるのに、絶対いやだと言い張った。はじめての時さ。まわりの人間は、見ているしかないんだよ」

撓んだ竿のさきが、右左に振れ動いた。ほとんど海面に届きそうになっている。沢村が、低い呻《うめ》きをあげた。テグスが繰り出されていく。

坂井が、うまい具合に船を回した。真下に入りそうだったテグスは、また前と同じ位置になった。ただ、引く力は相変らず強いようだ。テグスがさらに繰り出されていく。もうほとんど余裕はないように見えた。テグスを出し切ってしまえば、竿の撓みだけしか頼りにできなくなる。

一時間近く経《た》った。引く力はまだ強いようだ。沢村は汗にまみれている。いつもはきちんとしたオールバックの髪も、額に降りかかっていた。年齢の割りには、白すぎる髪だった。アッパーブリッジから見降ろしていると、地肌まで透けて見える。

雲の間から、何条もの光が棒のように射《さ》しこんできた。その部分の海面だけが、キラキラと光を照り返している。

「俺、『老人と海』って小説読みましてね。あんな怪物がいるわけないと思ったけど、怪物ってのは、つまりその人間にとっての怪物ってことになるんですね。いま沢村先生が相手にしてるのは、まさしく怪物だ」

「おまえの怪物は、坂井？」

「俺は、それを捜し続けてるような気がします。なんでも、そのためにやってることだってね」

「わかる時が来る」

「なにをですか？」

「怪物ってのは、いつも自分の中にいるのさ。それが、一番手強《てごわ》い怪物だよ」

「そんなもんですか」

「持て余すぜ」

喋っている間も、坂井は竿から眼を離さなかった。めまぐるしく舵輪を回したり、一か所でじっと押さえたりしている。

本格的に雲が割れて、青空まで見えてきた。風はやはり冷たい。私はキャビンに降りていって、またコーヒーを淹れた。映子が、アイスボックスのコカコーラを取りにくる。

「先生の怪物は、なかなか手強そうだな」

「怪物？」

「心の中の怪物と闘ってるようなものだ。坂井とそんな話をしてたよ」

「よくわかりませんわ」

「君の怪物は、映子ちゃん？」

「そんなの」

「いるさ。自分で、どう扱っていいかわからないような怪物が。それは、時には欲であったり、野心であったり、男と女の愛憎であったりする」

「むずかしいお話ですわ」

私は、映子が握っているコカコーラの栓を、備えつけの栓抜きで抜いてやった。

沢村が、苦痛で顔を歪《ゆが》ませている。すでに二時間は経った。リールのテグスはほとんど繰り出されてしまっている。

「勝負どころだな」

川中が耳もとで呟《つぶや》いた。

「もう、引かなくなった。魚も弱ってるのさ」

「これが、もっと太い竿とテグスだったら、簡単に巻きあげられたんだろう？」

「釣りの面白いとこさ。魚とは、ギリギリのところで勝負しなくちゃな」

沢村が、顔面を紅潮させて竿を立てた。次の瞬間、伏せる。わずかなテグスのたるみを、素速く巻き取る。せいぜい五、六センチといったところだろう。十回もやると、沢村はゴール寸前の長距離走者のような表情になった。

「しぶといやつだな」

坂井が呟く。

「早いとこ、顔を拝みたいもんだ」

沢村が、呻きを洩《も》らしながら竿を立てた。巻きとる。骨の軋《きし》みが聞えてきそうだった。

映子は、脇に付きっきりだ。もう船酔いなど忘れてしまったようだった。

巻きとるのに、かなり苦労しているようだったが、魚はもう暴れてはいなかった。巻きとられた状態で、じっとしている。疲れているのだ。

「先生、代ろうか」

川中が言った。

「冗談はよしてくれ。ここで手を出したら、私は二度と君の店でピアノを弾かんぞ」

「顔色が悪くなってる」

「どうってことはない。放《ほ》っといてくれ」

「そりゃね、先生がそうしろと言うなら」

魚が左右に動いたのが、テグスの動きでわかった。坂井が、船を少し回す。

「寄ってきてる」

坂井の呟きだった。

竿が、激しく振れた。沢村が、呻きながら押さえこんだ。

それから二時間、一進一退が繰り返された。空はいつの間にか晴れて、海面は鮮やかな群青になっている。

　昼食の時間はとうにすぎていたが、誰も話題にもしなかった。呻き声をあげるたびに、沢村の顔がドス黒く変色する。

「魚に殺されちまうんじゃないだろうな、おい」

「俺も、心配になってきましたよ」

「たかが魚、じゃないんだな、いまの沢村さんには。自分の中の怪物と、あの人は闘っているという気がする」

　大きなうねりが船を持ちあげた。陽《ひ》がいくらか西に傾きはじめている。私はアッパーブリッジを降りて、沢村の様子を見にいった。映子が、どうしていいかわからないような表情をしている。川中は無表情で、沢村ではなく遠くの海面に眼をやっていた。

　沢村の手が動く。徐々に、テグスは巻きとられてきている。ただ、繰り出した長さはあまりに長かった。

「諦《あきら》めないぞ」

　沢村が呟いている。誰も、なにも言わなかった。

「海の底と、引っ張り合いをしているような気分だ」

　沢村の声は、喘《あえ》ぎの中に入り混じっていた。鍵盤《けんばん》を叩く指も、赤黒く変色している。

「やめて、もう」

映子が言った。沢村に言い、それから私と川中にむかって言う。

「やめさせてよ。やめさせてください」

「はじめに無理して巻いてたら、当然竿が折れたろう。それを、先生は我慢してたんだ。ここまで来たら、結果がどうなろうと、最後までやるしかない」

「でも」

「いいんだ。負けるにしたって、男には負け方ってやつがある」

「社長、相手は魚なんですよ。ここでやめたからって、どうなるものでもないのに」

「魚じゃないさ。もう魚じゃない」

川中が煙草をくわえ、ジッポで火をつけた。私も、川中のジッポの火にシガリロを近づけた。

16　帰港

夕方になった。

魚が、ちょっとした動きを見せた。それまでに、沢村は三十メートルほどは巻きとっていた。魚は近づいている。竿のさきの動きも、風に揺られるようにゆっくりしたものではなく、ピクピクと躍動感を伝えてきた。

「竿を立てろ、先生」

沢村が呻いた。もう、汗すらもかいていない。飛びつこうとした映子の肩を、私は押さえた。映子が、激しく首を振る。

船の動きが、小刻みになった。獲物を狙う動物の眼のように、坂井の視線は竿の動きに貼《は》りついている。

沢村が、竿を伏せた。わずかなたるみを、巻きとる。三度、四度。もう、まったくテグスは繰り出されていない。魚は近づいてくるだけだ。

映子は、ファイティングチェアの横に座りこんでいる。突っ張った沢村の足にすがりつくような恰好だった。

コックピットで電話が鳴った。川中がとる。大丈夫だ。燃料はまだ半分ある。大物とやり合っているところさ。

ヨットハーバーから、帰港の遅れを心配した電話が入ったようだ。

「俺が遭難したと思ってやがるぜ、連中」

「本来なら、燃料を使いきってるところか」

「坂井が、低回転でうまくやってる。明日の朝までは大丈夫だろう」

帰港しない船。祖父の船がそうだった。私は、防波堤の上で夕方まで待っていた。帰ってこないのではないか。そんな予感はあった。

私が漁に行くと言った時、祖父は強い口調で止めた。漁師はいかん。何度も、そう言い続けていた。父に対してよりも祖父に対して、私は父親のような感情を抱いていた。老齢であることを、単純に心配したのだ。

祖母が亡くなってから、祖父はあまり口を利かなくなった。私が用意する食事も、半分以上残していた。私は、子供ではないつもりだった。体格は祖父をずっと上回っていた。海についても、聞き齧《かじ》りだが、そこそこは知っているつもりだった。私の友人の中には、学校が休みの時は、家の漁を手伝っている者もいたのだ。

祖父が、なぜ私を漁師にすることを嫌ったのか、はっきりした理由はわからなかった。父のことが関係あるのかもしれない、と漠然と思っていただけだ。

祖父の葬儀のあと、私は組合長に連れられて、近所の挨拶回りをした。父が人を殺して刑務所に入っていたと、その時聞かされた。おまえのじいちゃんが、死んだら竜太郎に教えてやってくれ、と俺に頼んでたのよ。組合長は、そう言った。なぜ人殺しをしたのかは、組合長も知らなかった。

祖父は、父のことをなぜ死後に私に伝わるようにしたのか。自分が生きている間は、眼を光らせていられる。死んだあと、私が自分の血を認識して、まっとうな道を踏みはずさないように、と考えたのだろうか。確かに、私は人並みの人生を歩きつつあった。

「凪《なぎ》だな」

川中が言った。夕方のある時間、海は束《つか》の間《ま》静かになる。それからまた、闇《やみ》とともに暴れはじめるのだ。

沢村が竿を抱いたまま顔をうつむけた。蒼白《そうはく》だった。冷や汗も浮かべている。映子が、懸命にそれを拭う。

魚が動いた。リールを二回、沢村は巻きあげた。

「水を、飲ませてくれ」

返事もせず、映子がキャビンに飛びこんだ。カップの水。沢村の口にあてがう。沢村ののどが、二、三度上下した。

沢村が頷く。カップからは、わずかに湯気が立ちのぼっていた。水に、少し湯を足して持ってきたようだ。

魚が動いた。動く回数はずっと少なくなったし、動きの幅も小さかった。

沢村が、二、三度激しく頭を振った。額にふりかかった白髪を、映子の指がかきあげる。ベルトでしっかり固定されていて、沢村は立ちあがることもできない。

一度、大きく息を吸ったようだった。竿を伏せてはたるみを巻きとり、また立てる。それを繰り返しはじめた。

勝負。見えてきた。魚は、もう暴れようともしていないようだ。立派な錆《さ》び方をした男だった。錆に、性根と風格というやつがある。

テグスがかなり巻きとられてきた。三十メートルを示す、赤い色の付いた部分も、巻きとった。呼吸が苦しそうだった。口を大きく開いている。汗。骨と肉の軋み。

瞬間、竿さきが激しく動いた。撓みの戻った竿が直立してふるえ、また撓む。

海面から、黒い塊が飛び出してきた。それは宙で跳ね躍り、キラキラと鱗《うろこ》が夕陽を照り返した。飛沫《しぶき》をあげて、海面に飛びこんでいく。竿が激しく動き、直立するとそれきり動かなくなった。

沢村はうつむいている。

「なんだった？」

「わかりません。見たこともないや。鮪《まぐろ》なんかじゃないですよ。二メートル以上あったような気がします」

「怪物だったな、まったく」

ファイティングチェアのベルトを、映子が緩めている。竿は、赤みがかった空を直線的に指しているだけだ。

「負けた」

「大変なもんだったよ、先生。この竿で、あそこまで頑張ったんだ」

「切れたのか？」

「テグスを限界まで張って、うまい具合に尻尾で弾きやがったな」

「負けだね、見事に」

「負け方ってやつがある。その負け方が、見上げたもんだった」

「負けは負けさ」

「そうかな？」

沢村は、ひとりで立ちあがれないようだった。映子が肩を貸す。

「船首《バウ》のベッドに寝かせてやれ。躰は冷えきってる。甘くて温かいものを飲ませてやれよ。しばらくしたら、アルコールもいい」

映子が沢村を抱えるようにしてキャビンに入っていった。

「全速前進《フル・アヘッド》だ、坂井」

エンジンが唸《うな》った。舳先がかき分けた海水が、両舷《りょうげん》に飛び散った。

「なんで、途中で止めなかった、川中さん？」

「最後まで、やらせてやりたかったからさ」

「負けるとわかってたのに」

「俺は、勝ち負けにはあまりこだわらない方でね。あの先生、この十五年の間で、こんなに頑張ったことは多分ないぜ」

「それに、どういう意味があるんだね？」

シガリロをくわえると、川中がジッポの火を出してきた。

陸地の山と空の境が、赤く染まりはじめている。船は、すさまじいスピードで直進していた。船底が波を打つ衝撃だけで、揺れはほとんどない。

「勝つことにしか、意味を認めないのか、叶さん」

「いや。大事なものは、ほかにもある。しかし、負ければそれもなくなる」

「もっと深いところで、なにかあると思おうじゃないか」

「そうだね」

「俺と、肌が合わんようだね、叶さん」

「宇野という弁護士とは、妙に肌が合ったんだが」

「似てるのさ。俺とキドニーは似ている。それと同じだよ」

「コーヒーでも淹れようか。俺はひとつだけ発見した。自分が、揺れた船の上で、うまくコーヒーを淹れる才能があるってね」

「そいつはいい。それだけで、船の連中には喜ばれるぜ」

川中が笑う。ふっと引きこまれそうなものを、私は感じた。肌は合わない。川中が魅力的な分だけ、どこか肌が合わない。それでも、眼を見つめて笑いかけられると、引きこまれていきそうになる。

コーヒーを淹れた。沢村はなにか別のものを飲まされているようだったので、映子にだけ渡した。川中にも渡し、二つカップを持って私はアッパーブリッジに登っていった。

「ありがたいや。ここは吹きっ晒《さら》しでね」

「下のコックピットじゃ駄目なのか？」

「見通しがね。暑かろうと寒かろうと、船を突っ走らせる時はここさ」

コーヒーを啜った。

「負けってのも、悪くねえ。正直そう思ったよ。あの先生を見ててね。俺だったら、とっくに力まかせに巻いて、竿を折られてただろう。少なくとも、魚が跳ねあがったんだ。姿を見せたんだから」

ヨットハーバーとホテル・キーラーゴが、遠くに見えてきた。かなり沖まで出ていたらしい。漁船の姿が、時々波間に見えるようになった。坂井が、ちょっとスピードを落とす。

「この街に、なにしに来たんだい、叶さん？」

「なぜだ？」

「藤木さんがそんなことを気にするなんて、滅多にないんでね。自分を誰かが殺しに来た時も、平然としてたよ。だから、考えられることはひとつさ」

「川中さんを殺しに来たってことだな」

「そう、藤木さんが心配しているのは、それだけだよ。実は、俺も刑務所《なか》のころの知り合いの関係で、社長と藤木さんを殺しにこの街に来たんだ。見事に失敗したけどね」

「藤木のあの心配のしようは、いまのところ見当違いだ。見当違いをしたくなるほど、川中さんは何度も命を狙われたわけだ」

「死ぬことを、なんとも思ってねえ。あれだけ、金も地位もある人がだ。みんなそこが好きで、同時に心配なんだ」

「勝手に好き放題やればいいさ、川中さんは。それで世間の迷惑になることなど、あの人にはないだろう」

坂井がレバーを操作して、さらにスピードを落とした。船体を安定させるために、船尾に三角の帆を立てた漁船が、何隻か集まっている。漁場なのだろうか。『レナⅢ世』の起こす波は、それでも漁船を大きく揺り動かした。

「小僧は小僧らしくしてろって、忘れねえよ。忘れたくても、忘れられねえ。叶さんを恨んでるんじゃありませんよ。自分を嗤《わら》ってんです。二度と、そういうことを言われないようにしますよ」

「小僧のころは、誰でも小僧らしいもんさ」

坂井は答えず、コーヒーを啜っただけだ。空の色が濃くなり、西の端だけが赤く染っている。帰港におあつらえむきの情景だ。

ヨットハーバーの旗が見えた。それがようやく識別できる明るさだ。防波堤の入口に、明りが二つ見える。『レナⅢ世』が、ホーンを二度鳴らした。

繋留《けいりゆう》する場所は決まっているらしい。クラブハウスの正面。職員が出てきて川中に頭を下げ、舫いを受け取った。

ひとりで歩けるほど、沢村は回復していた。顔色はひどく悪い。

「歩いて、ホテル・キーラーゴまでだ。先生は、部屋へ帰ったってなにも持っちゃいない。秋山に連絡しておいたから、必要なものは揃《そろ》ってるだろう」

映子が支えるようにして歩いた。

「歩く方がいいんだ。つらいがね。先生の筋肉は、椅子《いす》に縛りつけられて石みたいになっちまってる。歩けば、ほぐれるよ」

言った川中に、沢村は穏やかな視線をむけた。

躰が潮でベタついている。早く熱いシャワーを浴びたかった。

「かなりの大物だったらしいな」

ホテルの玄関に、秋山が迎えに出ていた。

「蒲生の爺さんに電話で聞いたら、底の主だと言ってた。つまりこのあたりの海底の主で、ハタだそうだ。大きな餌《えさ》は、滅多に食わんし、小さなものは簡単に引きちぎっちまう。釣りあげられたことはないって話だ」

部屋をひとつ用意してあるらしく、映子とベルボーイに支えられて、沢村はエレベーターに乗った。私は、秋山に勧められるまま、バーに入った。ハバナクラブの八年ものが、ストレートで出された。

「フロリダじゃ、こいつはあまりやらん。別のラムを使う。キューバと仲が悪いんでね。だけど、ラムと言えば、こいつだ」

ストレートグラスに、秋山が三杯注いだ。

「魚が、跳ねたって？」

「半端じゃなかったですよ。夕陽の中に四、五メートル跳ねあがって、飛びこんでいった。その勢いで、テグスを切ったんでしょうね」

「いまごろ、底の主はカンカンに怒ってるだろうな。今夜は荒れるんじゃないかな。とにかく、蒲生さんも、十四、五年前に見たのが最後だそうだ」

「細いテグスで勝負した。ほとんど勝ったと言ってもいいくらいだった」

「見あげたもんだ。七時間以上かかったんだそうだな」

「あの男は、堕《お》ちちゃいないな。いままでも、一度も堕ちてないのかもしれん。闘いたい時に、闘いたいように闘える。堕ちた人間にはできんことだ」

私は、沢村の錆について考えていた。錆び方というのが、男には確かにある。そして沢村が身につけているのは、間違いなく男の錆だ。

自分自身の錆については、考えなかった。私は錆びているだろうし、これからも錆びていくだろう。自覚するようなことではないのだ。十年か二十年後、私の錆が誰かの心を打てばいい、とも思わなかった。

男は、ただ錆びていく。

「叶さん、船は大丈夫そうじゃないか」

「発見だった。揺れにうまく躰を合わせることも、自然にできたよ」

「コーヒーを、何杯も一滴もこぼさずに淹れた。これで料理がうまけりゃ、秋山のとこのクルーザーでコック長もやれる」

「クルージングサービスをやってるんだが、調理場の人間がみんな船に弱くてね」

「なにかの時は、料理の腕を試してみてくれ」

「釣りは？」

「やろうと思った時は、もう沢村さんのにかかってた」

ハバナクラブは、滑らかに胃に入っていく。シャワーのことを忘れて、私は自分で二杯目を注いだ。川中も秋山も、ひと口で空けている。坂井だけ、熱いコーヒーを飲んでいた。

「うるさいのか、おたくは？」

「酔っ払い運転がかね。冗談じゃない。俺自身が、毎日のように酔っ払い運転をしてる。坂井は、自分の意志で飲まないのさ。躰の疲れ具合だとか、腹の減り具合だとかを判断してね」

「疲れちゃいないですけど、魚を見てまだ興奮してますんで」

「ところで、映子のやつ、このまま先生とできちまうのかな」

「どうだかな。男と女だ」

秋山は、映子にはそれほど関心を持っていないようだった。バーに、客がひとり入ってきた。水島だった。カウンターに腰を降ろし、ビールを頼んだ。

二杯目のハバナクラブを空けて、私は腰をあげた。水島はちょっと慌てたようだが、ビールを放り出して付いてくるような真似はしなかった。

ホテルで待っていたところを見ると、やはり映子以外に糸口はないのだろう。

「おじさん」

ロビーを通りかかった時、安見に呼びとめられた。

「ボーイフレンドは？」

「今日はひとりで、何度も『イン・ナ・センチメンタル・ムード』を聴いてたわ。デューク・エリントンのピアノ、はずれているような気もするけど、よくわからなかった」

「いいんだ、それで。ジャズなんて、聴くやつの耳の数だけ、解釈の仕方もある」

「ママは、故意にはずしたところがあるような気がするって。そこから、コルトレーンのサックスがのびやかになってるって」

「それも、ひとつの解釈なんだ。ところで、あっちの店は？」

「日曜よ、今日は」

「休みなのか。つまらん」

「どういう意味？」

返事をせず、私は扉の開いているエレベーターに乗りこみ、手を振った。安見が、舌を出して応《こた》えた。

17　プレゼント

ノック。

「開いてるよ」

言うと、ノブが何度か回された。

「閉ってるぞ、おい」

水島の声。私はにやりと笑ってベッドから腰をあげた。バーで会ってから、五時間近く経《た》っている。

「入っていいかね？」

私は頷《うなず》いて、水島を請《しょう》じ入れた。

「ウイスキーでも？」

「今夜は、友好的じゃないか」

「あんたが所轄を通じてホテルに出させた、要注意人物のリストから、俺をはずして貰《もら》おうと思ってね」

「はずしても同じさ。ホテル側じゃ、君のことは忘れられるはずがない。なにしろ、君ひとりしか載っていないリストだったからな。待てよ。どうしてそれを知ってる？」

「民間人を、便利に使おうという方が虫がいいんだ」

「そうか、さっきも、川中やこのホテルの経営者と、君は飲んでたもんな。かえって藪蛇《やぶへび》になったか」

私は冷蔵庫から、ビールを出した。栓を抜き、水島に勧める。水島は、それは断らず空のグラスを差し出した。

「俺を、リードしたな。船で、ずっとあの女と一緒だったはずだからな」

「あんたは、このホテルから尾行《つけ》たんだろう。どうだった」

「どうもこうも、沢村っていうピアノ弾きのマンションに行った。沢村のワーゲンを、あの女が運転してだ。やばい線になってきたと思ったよ。あの女にほかの男がいれば、町田とのことは、可能性が薄くなっちまう」

「できてるんだ、多分あの二人」

「それはないね。あの女、すぐに出てきて、薬局で薬や湿布を買った。それからベランダに出てきて、大量の洗濯物だ。干しちまうと、十分もせずに出てきて、自分のマンションに戻ったよ」

「まるで、女房じゃないか」

「関係はない。俺はそう見た。そうじゃないと、都合が悪いからじゃないぜ」

水島がビールを呷《あお》った。ネクタイは粋《いき》に小さく結んでいる。コートも腕にかけていた。なかなか洒落《しゃれ》た上着だ。

「夕方、バーのカウンターに腰かけたろう。あの時、あんたが刑事だと川中にはわかったと思うな。あの男は、なにも言わないし、気にもしないがね」

「なぜ？」

「あんな恰好《かっこう》で入ってきたんなら、ドライ・マティニーとか、バーボンとか註文《ちゅうもん》するんだな」

「気障《きざ》な真似《まね》は苦手なんだ。これで精一杯ってとこだよ。それでも、県警本部に出むいた時は、白い眼《め》で見られたよ」

「それならいっそ、普通の恰好をしろ。目障りでいかん」

二杯目のビールも、水島はひと息で呷った。私は、ヘネシーのミニチュアボトルを、ブランデーグラスの中にあけた。ミニバーには、かなりの飲物が揃《そろ》っている。

「あの女から、なにか訊《き》き出したろう？」

「もしそうだとして、俺があんたに教えなきゃならん筋合いでもあるのか」

「東京から、俺の神経に触れる連中がやってきた。五人いたよ。こうなりゃ、君と俺は組んで、連中を出し抜く方がいいんじゃないかと思う。出し抜いてからは、その時のことさ」

「虫のいい男だ」

「これで、お宮を回避できたことが、何度かある。自分じゃ美徳だと思ってるよ」

「まあ、適当に勘繰ってくれ」

シガリロに火をつけた。水島が窓を開けたそうな素ぶりをしたが、私は首を振った。

「その匂《にお》い、なんとかならんのかな」

「嫌いかね？」

「嫌いなのに、やけに誘惑してくる」

「性悪女みたいなもんだな」

水島が、ちょっとネクタイを緩めた。私は、ブランデーグラスを軽くゆすった。コニャックに、シガリロはよく合った。

「君の生まれは東北か」

水島は、ビールの残りを自分でグラスに注いだ。

「戸籍のことはどうでもいいが、爺《じい》さんに育てられたようだな」

「親父《おやじ》のことも、当然調べたわけだ」

「懲役五年ぐらいか。具体的な内容まで調べる暇はなかった」

「殺人罪だよ」

「親父が海で死に、爺さんも海で死んだ。それで岩手の家を引き払い、大学に行った。卒業して入った会社も、一流の商社だ。海外勤務の途中で、いきなりやめちまったんだね」

「俺の経歴を確認してるのかね、警官として？」

「一杯やりながらの、世間話さ」

「モザンビーク勤務の時だった、やめたのは」

「武器の運搬に関係して、会社が扱ってる荷物まで南アに押さえられた。やめなくとも馘《くび》だったろう、と会社の同僚だった男が言ったそうだ。早い連中は、そろそろ海外支店長なんていう肩書を持ってるんだな」

「俺も、まともに行ってりゃ支店長か」

「いまの方が、ずっといいじゃないか。流行《はや》りのカフェバーの経営者で、代官山に高級マンションを持ってて、車はフェラーリときてる」

「養う家族がいない。好きなことに金を使えるのさ」

「俺は、女房に、女房のおふくろに、ガキが三人だ。それで月給がいくらだと思う？」

「まともに働いてる人間は、そうなのさ。間違ってると思うだろう。その間違いを支えているひとりだよ、あんたも」

「なんで稼いでるんだ、叶？」

「博奕《ばくち》さ。競輪、競馬。日本にゃ、公認の賭場《とば》がいくらでもある」

「違法のやつもな」

「美竜会と、どんな取引をしたんだ。あの賭場のことは、県警や所轄署には内緒なんだろう」

「そこさ。ジレンマだね。君の情報をそこで得たのに、逮捕することはできん」

カン高い声で、水島が笑った。

やめなくても蔵だった。かつての私の同僚が言ったという言葉を、私は改めて思い返した。そんなことは、あの時すぐにわかった。私にできることは、私を裏切った女を追うことだけだったのだ。愛してたのに。最後に女が言った言葉も浮かんでくる。

私の女に対する感情も、やはり愛だったのだろうか。それを裏切られたので、殺すという行為になったのか。

帳簿の付け方や読み方。書類の形式。現地で雇う秘書に対する時以上に、私は女に熱心に教えた。あれが、愛情というやつだったのだろうか。

「君の経歴は、モザンビークから、何年か空白になってるね」

「関心があるかね？」

「俺に関心があるのは、町田の情報だけだよ」

「町田か」

「ほかの連中も動きはじめた。やっと、この街に眼をつけてきたんだ。俺や君が先行していると思っていると、とんだ目に遭わされるぜ」

映子が危険になる可能性がある。それが頭に浮かんだ。映子を泳がせる方法をとるか、映子の身柄を押さえるか。冷静に考えれば、映子は泳がせていた方が、誰にとっても便利だ。たとえ映子を押さえたところで、町田が取引に乗ってくるとは思えない。しかし、計算などということを、知らない連中もいるのだ。

「ビール、御馳走《ごちそう》になった」

「なんの」

「プロが、どんな要心をするのかも、参考になったよ。このホテルは、すべてオートロックだ。キーが開いてることなんか、あり得ない」

「海外生活が長い人間の、知恵さ」

水島が、肩を竦《すく》めて立ちあがった。

一時間ほど、私はベッドの上にいた。

それから、届けられている洗濯物の中からシャツを出して着こんだ。セーターにジャンパー。オートロックのドアを開け、そのままエレベーターまで歩いた。

夜中の十二時近い時間だ。

「不眠症でね」

ナイトマネージャーに声をかけ、キーを渡した。丁寧なお辞儀が返ってきただけだ。

尾行《つけ》てくる車はいなかった。海沿いの一本道。夜中に尾行を考える方が、間が抜けている。

スカイラインGTSは、快適に走った。ハイキャスという、四輪操舵《そうだ》の装置が付いているらしい。コーナリングが楽だった。

途中から街の中に入り、三吉町へむかう橋を渡った。渡ると、もう住宅しかない。

映子のマンション。三階まで、階段を昇った。チャイムを押す。魚眼から覗《のぞ》いている気配があり、チェーンをはずす音がした。

映子は白いセーターに、ジーンズを穿《は》いていた。そういう恰好も、なかなか似合っている。

「電話じゃ言えない御用って？」

「俺が玄関に立ってても、大して警戒してないね」

「おかしな気がある男の、接近の仕方じゃありませんもの。夜中の十二時に、ちょっとだけ寄りたいって、いきなり電話してきて」

「それが、俺の口説きのテクニックさ」

「じゃ、口説いてみてください」

「参ったね」

「沢村さんがおっしゃってました。叶さんは、人の痛みがわかるって。社長もそうだって」

「沢村さんと、うまく行くといいな。あの人なら、君に生きていることの意味を、考え直させてくれるかもしれない」

「どういうことですの？」

「ふと、そう思っただけさ。あの人は、今日、いやもうきのうか、自分の中の怪物と壮絶に闘った。すごい男さ」

「叶さん、御用は？」

「早く俺を追い返したいんだな」

「お茶でも淹《い》れましょうか」

苦笑して映子が言う。

「実は、用事ってのは、沢村明敏のことさ。君に金を払っておこうと思ってね。例のアスコット。俺が払うと言ったじゃないか」

「いいんです。あたしがそうしたかったんだから」

「払わせてくれ。ああいう男に、俺の方が知ってるだけという、プレゼントをしてみたい。つまり、俺のプレゼントのアスコットを首に巻いて、沢村明敏がピアノを弾くところを見たいんだ。俺だけが知ってて、彼は知らない。粋《いき》じゃないか、彼のピアノみたいに。君を仲介の道具に使うことになって悪いが」

「男の方って、時々おかしなことを考えますわね」

「それが、男ってやつさ」

「いいですわ。四千五百円。叶さんのプレゼントにしちゃ、安物かもしれませんけど」

「ありがとう」

「御用、それだけですの?」

「夜中のドライブの途中でね。時々、車のいない道を飛ばしたくなる。日曜の夜なんて、もってこいじゃないか」

「お茶も差しあげないで」

「いいんだ。おやすみ」

私はドアを開けて外へ出、ゆっくりと階段を降りた。

車に乗った。エンジンをかける。

思った通りだった。かなり距離を置いて警戒しているが、車が二台尾行《つけ》てきている。東京からやってきた連中は、映子のマンションを張るところからはじめたのだろう。

思わせぶりに、街の中を走り回ってやった。日曜の夜中でも、中心街には結構走っている車がいるものだ。大胆に、かなり距離を詰めてきている。とりあえず、私は映子を訪ねた得体の知れない男ということになったはずだ。電話ボックスを見つけると、二度車を停《と》めた。聞いたのは、天気予報だ。

それから、私はホテル・キーラーゴへむかう海沿いの道へ車を入れた。

18　女医

一階のレストランで、電話を受けた。

「ひろ子よ」

大崎と言わないところが、別にいやな感じにはなっていない。

「きのう、病院関係のパーティがあったの。そこで、自費で治療している糖尿のクランケのことを聞いたわ」

「ありがたいな、そいつは」

「あなたが捜している人じゃないわよ、多分。念のために教えておこうと思って、電話しただけ」

「で、そいつは？」

「あなたのところから、すぐよ。五分もいかないところじゃないかな。四階建のリゾートマンションがあるわ。そこに、台湾《タイワン》の貿易商が部屋を持ってるの」

「四〇二。陳《ちん》というらしいんだけど、はっきりは聞いてないわ」

「俺が捜してる男が、そういう名前を使ってるのかもしれん」

「身許《みもと》はしっかりしてるみたいなの。東京の大学病院から紹介されてきてるらしいし」

場所がレストランだから、私は周囲の耳を気にしていた。月曜の正午前だが、七、八組の客がいる。

「もうひとり、自費のクランケがいるみたいね」

「わかってるんじゃないか？」

「実は、わかってるの。さすがにいい勘をしてるわ」

「教えてくれ」

「駄目」

「約束だっただろう」

「約束と言った憶《おぼ》えはないわよ。知らないと言えば、あたしは済むことなんだし。そっちの方は、多分、あなたが捜してる男よ」

「条件を聞こう」

「ちょっと会ってくれない？」

「それはいいさ」

「番号は」

背後を、男がひとり通りかかった。

「いつ？」

「午後、何時でも」

「診療時間が、六時までなの」

「じゃ、七時だ」

「いいわ」

「その前に、いまから行くよ」

「どういうこと？」

「インシュリンを、分けてくれないか。そう、インシュリンだ」

私の話を聞こうとしている人間に、聞えたかどうかはわからない。声はひそめた。

「あなたが、糖尿病？」

「そう思ってくれていい。いまから、すぐに行くよ」

「すぐに？」

「昼めし時まで、診察してるわけじゃあるまい」

「いいわ」

電話が切れた。

私はテーブルに戻り、ナプキンで口を拭《ぬぐ》った。食べかけのハンバーグをそのままにして、席を立った。レジでサインを済ませ、エレベーターまで走った。

十分もせずに、私はスーツに着替えて降りてきた。駐車場までも、走った。

車を出す。

海沿いの道は、車が多かった。ここを走るのは、大抵昼間のようだ。トラックが少ないので、前後の車の確認はたやすかった。

少なくとも、三台か四台は付いてきていた。構わなかった。対向車が多くて、抜きながら飛ばすこともできない。

商店街を抜け、産業道路も突っ切った。

大崎内科は、川のそばの白い建物だった。二階建で、二階はひろ子の住居になっているという感じだ。

玄関から入った。

待合室には、病人が二人いた。午後の診察を受けようというのだろう。私は、受付の窓口をノックした。

顔を出したのは、ひろ子だった。

診察室のドアが開き、請じ入れられる。

「ずいぶんと、飛ばしてきたみたいね」

「そうでもないさ。この街の警察は、スピードの取締に熱心だからな」

患者用の、背もたれのない椅子《いす》に腰を降ろした。ひろ子は白衣を着て、ついでに眼鏡もかけていた。若く、しかも医者らしく見える。

「インシュリンですって？」

「普通の人間がひょいとやってきて、売って貰えるものかな」

「検査をしてみないことにはね」

「俺の検査結果は、糖尿病だろう？」

「かわいそうに。病気をしたこともないのね」

「そんな言い方もあるわけか」

「処方箋《しょほうせん》があれば、三軒さきの薬局で売ってくれるわ」

「ここじゃ、貰えないのか」

「いまは、分業のシステムになってる場合が多いわ。処方箋さえあれば、問題ないの。代理の人間が行っても買えるし」

「そいつをくれ」

「まさか、自分で打とうって気じゃないでしょうね」

「なぜ、俺が。病気をしたことのない、かわいそうな男だぜ」

「実験でもしかねない、という感じはあるわよ」

ひろ子が、書類になにか書きこみ、私の眼の前でひらひらさせた。ドイツ語だった。

「どうする気なの、これを？」

「言っても信じちゃくれないだろうが、糖尿病になった時のために、いまから用意しておくのさ」

「ほんとに好きになってきたわ、叶さん。あたしの前で、その種のジョークを口にするのは、やめにしておいて」

「ジョークで口説かれるタイプなのか」

ひろ子は、立ちあがって注射器らしいものを四本持ってきた。

「わかったよ。君の前では、洒落たジョークはやめにしておく。俺は別段調子が悪いところはないし、ビタミンも必要としていない。おまけに、血をとられるのが嫌いなんだ」

「またジョークね。血を怕《こわ》がるタイプじゃないわ。医者をやってると、それくらいはわかる」

シガリロをくわえた。灰皿がなかった。

「病院はね、大抵禁煙よ」

「なるほど。病気をしたことがないのが、こんなところでわかるわけだ」

「言っておくのを忘れたけど、インシュリンは、少し冷やして保存して。それから、激しい衝撃も駄目」

ひろ子が、眼鏡をはずして、私の顔に視線をむけた。

「君は、眼鏡がよく似合ってる」

「言わないの、そんなことは。どんな眼鏡か、見当はつくでしょう」

スチールデスク。レントゲン写真を見るためのものか、平板な照明具のようなものもある。それからカルテを入れる棚。

意外に、医療器具というのは少ないものだった。病院といえば、会社勤めのころ健康診断を受けた。海外では、国がいくつか指定されていて、もっとも近いその国で、健康診断を受けることになっていた。

街の開業医の診察室を覗いたのは、子供のころ以来ではないだろうか。

「俺がなにをしに来たか、訊きに来るやつがいると思う。金に糸目をつけないからインシュリンをくれ、と頼みこんできた。そう答えてくれないか」

「それで、処方してあげたことにするの？」

「いや、医者として、患者も見ないで処方はできない、と言った。そう答えてくれよ」

「わかったわ」

「今夜の七時に、どこで会えばいい」

「シティホテルの最上階のレストラン。部屋もとっておくわ」

「おい」

「やりたいことがあるの。セックスじゃなくね。惨めに頼みこんだり、取引というかたちでセックスができると思って？」

「君と、人目につくところで会うのはまずいな。インシュリンを断られてるはずなのに」

「じゃ、直接部屋へ。あなたさえ尾行《つけ》られなかったら、誰にも知られないわ」

「部屋番号は？」

「五時になれば、わかるようにしておくわ。電話を頂戴《ちょうだい》」

「君の方が、尾行《つけ》られる可能性がある。一応は、俺が訪ねた病院だし」

「心配しないで。あそこはよく、情事に使うの。ホテルで気を利かして、わからないように鍵《かぎ》を渡してくれるわ。そして、絶対に泊っていないことになってる」

「噂《うわさ》を、立てられやすいわけだ」

「そういうこと。そろそろ、看護婦が帰ってくるころよ。午後の患者さんも入れなくちゃならない」

私は頷いて、腰をあげた。

「その注射器、使い捨てよ。持って行って。インシュリンは、四日分処方してあるわ」

「たとえばだ、誰かがこの街でインシュリンが必要になって、医者へ飛びこむとする。医者は、何日分の処方をするものかね？」

「四日。事情によっては一週間。慢性病で、長期的に連用しなければならないとしても、それはかかりつけの病院で処方するわ。いきなりだと、当座の処方だけね」

「わかった。ありがとう」

「七時よ、叶さん」

待合室の患者は、六人に増えていた。かなり繁盛している医者、ということになるのか。

私は車に乗りこんだ。

町田は、インシュリンを必要としている。長期的に必要な分量を、東京から持ってこれたとは思えない。どこかで、手に入れているはずだ。処方箋さえあれば、誰でも買いにいける。その方が便利だろう。必要以上に姿を晒《さら》さなくて済む。

処方箋を持って薬局に行くのは、映子の仕事なのか。それとも別の誰かか。

車は付いてきていた。三台までは、はっきり確認できる。警察車ではないようだ。昨夜の、映子の部屋への訪問が、相当効果があった。私がインシュリンを手に入れようとしている。それも、ひろ子のところでわかるはずだ。私が、町田に近づきつつある。連中はそう判断するだろう。

どこかで、車をかわす必要があった。一度かわして、連中をやきもきさせる。その方が、連中の眼を私に引きつけていられるだろう。

山の方へむかった。

途中から林道に入り、スピードをあげた。三台とも、遅れている。かなりカーブの多い林道で、しかもいくつにも分岐しているのだ。撒《ま》くには絶好だった。

二十分ほどで、追ってくる車の音も聞えなくなった。

私は古い街道へ降りていき、そのまま街にむかった。

目抜通りのところで、連中のものらしい車が一台、私を見つけた。強引なUターンをしている。撒かれたので、手分けして捜していたのだろう。

私は市庁舎の角を曲がり、さらにシティホテルの角を曲がって、キドニーの事務所のあるビルの前で車を停めた。

キドニーは、事務所にいた。

「追い回されていてね」

「それで、俺のところへ駈《か》けこんだのか。冗談じゃないぜ」

「都合がいい場所なんだ、弁護士先生だもんな」

「顧問料でも貰ったことがあったかな」

「いい女を、紹介するよ。医者で、頭がよくて、気だても悪くない。欠点がひとつあるが、惚《ほ》れた男ができりゃ解決することさ」

「俺を、見くびるなよ」

私はソファに腰を降ろした。事務所の中は、パイプ煙草《たばこ》の香りがしみついていて、キドニーが煙を吐いていない時も、ちょっといがらっぽい感じがする。

「追われてるって、誰に？」

「わからんよ」

「それじゃ、ただ逃げるしかないな」

「それも飽きたんでね」

「この街に、逃げてきたのか？」

「追ってきた。それが、いつの間にか追い回されている。人生ってのは、わからんもんさ」

キドニーは、ちょっと口もとを歪《ゆが》め、パイプに葉を詰めはじめた。煙に巻かれる前に、私はシガリロに火をつけた。

「川中は、出てきてるのか？」

「いや。いまのところは」

「俺は君の、博奕《ばくち》のやり方が気に入ったよ。まともな神経で、あんな博奕ができるわけがない。なにか、欠落しているな」

「なんだと思う？」

「君自身でも、そいつがわからないんだ。そういうものさ。ただ、なにかが欠けていることだけがわかる。その点、俺ははっきりしてるよ。腎臓《じんぞう》が二つ欠けてる」

「羨《うらやま》しい話だ」

パイプ煙草の煙が流れてきた。キドニーは、ちょっとむくんだような目蓋《まぶた》を閉じて、濃い煙を二度、三度と吐いた。

女の子は、炭の匂いのするコーヒーを運んでこなかった。はじめての客に対する、迎え方なのかもしれない。

事務所の中は、整然としていた。大きなデスクには埃《ほこり》ひとつなく、書類らしいものも積みあげられていなかった。壁の書棚の法律書は、系統別にきちんと区分されているようだし、ファイルのナンバーは、一から順番に並んでいた。

もともと、神経質すぎる男なのかもしれない。どこか投げやりなところを感じさせるのは、半分以上ポーズのはずだ。

「美竜会の雑魚が、東京の連中に雇われて駈け回っている。やつらときたら、自分たちで仕事を作ることなど、発想外のことなんだ。昔からやっている仕事を、細々と続ける。外から来た人間が、人数が必要な時に雇われていく。いつだって、こんな調子だよ」

「顧問弁護士だろう？」

「だから腹が立つのさ。ケチな暴力沙汰《ざた》や、ちょっとした賭博。俺が弁護してやらなきゃならんのは、その程度のものでね」

キドニーは、大して腹を立てているようでもなかった。そんな弁護を、適当に愉《たの》しんでいるのかもしれない。

「沢村明敏が、すごい大物と格闘したんだそうだな」

「早いね」

「坂井が、よくここへ来る。君にあっさりやられた話もしていったよ。そんなこと、川中や藤木には言えんのさ。それで、俺に吐き出していく」

「沢村さんは、なかなかのものだった。錆《さ》びついた男が、さらにどんな錆《さび》を晒すか、と思って眺めていたんだがね」

「それなりに、見事な錆だったわけだ」

「黒光りがしていたよ」

「ジョージ・ウィンストンの『オータム』を聴いていた。車の中でさ。俺の車にはナカミチのアンプが付けてあってね。どこか切迫しているな。緊張の糸が切れそうな演奏だ」

「あれがいい、という人間もいる」

「俺は、沢村明敏のちょっとやくざな演奏がいいね。あの人がアルバムを出すなんて話、川中の店にいるかぎりないだろうな」

「生で聴けばいい」

「その通りだ」

私は腰をあげ、窓から下の道路を見降ろした。二台。分れていた連中が、また集まってきているのか。

「帰るのか？」

「ああ」

「さっきの女の医者の話だが、大崎ひろ子じゃないのか?」

「狭いね、この街も」

「簡単な推理さ。賭場で一緒だったろう」

「駄目かね、あの女じゃ」

「男とは、付き合わせない方がいいようだ。だから、俺があそこを紹介した。美竜会には、ほどほどに遊ばせておけ、と言ってある」

「あんたが付き合ってみちゃどうか、と言ってるんだよ、キドニー」

「その種のことで、俺に冗談は言うな、叶。勿論《もちろん》、大崎ひろ子はいい女さ」

冗談を言ったつもりはなかった。

じゃ、と私が言うと、キドニーは軽く片手をあげた。

19　闇《やみ》

六時に、シティホテルの駐車場に車を停め、『ブラディ・ドール』へ行った。止めようとしたボーイも、川中に用事なのだと言うと、通してくれた。

川中は、まだ来ていなかった。

赤いベストを着こみながら、坂井が私を迎える。店では、やはり無礼なほど慇懃《いんぎん》な態度だ。ボータイをぴしっと締めると、坂井はカウンターの中から改めて一礼した。

「頼みがある。二つだ」

「なんなりと、お作りいたしますが」

「酒じゃない」

「酒のように、おっしゃっていただけますか。小さな声で結構です」

「聞いてくれるのかね？」

「お作りいたします。山の中のこと、すべてお忘れいただけるなら」

「その言葉、なんとかならんのか？」

「店でございますのでね」

「まだ、営業時間になってない。ここへ入るのも、川中さんに用事だと言って入ってきたんだ」

「そうですね」

「つまらん頼みだがね」

「俺にわざわざ頼もうってんだから、叶さんにとっちゃ大事なんでしょう」

　坂井の口調が、ようやく店の外のものになった。

「ひとつは、六時四十五分に、外の連中や客にわからないように、ここを出たい」

「簡単なことですよ。四十分に、あのカーテンのむこうに行ってください。外の連中ってのは？」

「わからん。美竜会の連中も雇われちゃいるようだが」

「そうですか。外の連中を、なんとかする必要はないですね」

「放《ほ》っとけばいいさ」

「もうひとつは？」

「こいつを買って、俺に届けて欲しいんだ。薬さ」

「薬局で売ってるんですか？」

「売ってる」

「どこか、悪いとか？」

坂井は、渡した処方箋と私の顔を見較《みくら》べた。

「悪いように見えるか？」

「さあね。元気な人が、いきなり死んじまうこともあるし」

「そういうやつは、薬も飲まん。俺の薬じゃないんだよ」

「わかりました。ひとつだけ、断っとかなきゃならないことがあります。この店や、うちの社長に迷惑がかかることはないでしょうね」

「多分、直接的には」

「間接的には？」

「そこがよくわからないんだ。いまのところ、なんとも読めない」

「社長が、もうすぐ来ます。坂井をちょっと使う、と断ってくれませんか」

「川中さんには、頼まれたことを全部言ってもいいよ」

「社長、そうかいって聞くだけです。ほかの誰にも喋《しゃべ》らないし、それについてなにかすることもないでしょう。そういう人なんだ」

「わかるな」

「で、薬はいつまで？」

「明日、ホテル・キーラーゴへ届けてくれないか」

坂井が頷いた。なにか作りましょうかと訊かれたが、川中が来るのを待つことにした。

川中よりさきに、沢村がやってきた。

私を見るとにこりと笑い、なにも言わずピアノの前に腰かけた。弾きはじめる。やはり錆びた音だった。悪くない。スローテンポの曲が、錆をじわりと聴く者の肌に感じさせる。沢村は眼を閉じていた。曲は、ジャズでもポップスでもなかった。どこか日本的な感じがするほどだ。心の底のなにかを、くすぐってくる。

終った時、背後から拍手が聞えた。川中だった。

「いまの曲は？」

川中が訊いた。ピアノの蓋《ふた》をして、沢村もカウンターにやってきた。

シェイクしたドライ・マティニーと、ハーフ・アンド・ハーフのジン・トニックと、スノースタイルのソルティ・ドッグ。素速く、カウンターに並べられた。

「自分で、作曲したものでね」

塩の辛さを味わうように、沢村はソルティ・ドッグを口に含むと眼を閉じた。

「指が動くかどうか、心配になってね」

「立派なもんでしたよ」

「生きてるな、私はまだ」

沢村が、自分の手に眼をやった。

私は、ジン・トニックを半分ほど飲んだ。ピアノが熄《や》むと、店の中は静かだった。カウンターにグラスを置く、コトリという音が耳につく。

まだ、六時半になっていない。川中の煙草の煙が、私の方へ流れてきた。女の子たちが出勤してくる時間なのか。入口のあたりで嬌声《きょうせい》が聞える。

「ところで」

川中が、真直《まっす》ぐに私に眼をむけた。

「入口のあたりに、柄の悪いのがかなりいたが、あれは君が連れてきたのか?」

「連れてきたんじゃなく、付いてきたのさ」

「店の中で暴れなきゃ、それでいいさ。入口にたむろして、この店の営業を妨害しようって度胸の据《すわ》った連中は、まずいないはずだ」

「東京からも来ている。あんたのことを知らんのじゃないかな、川中さん」

「知って欲しいとも思わんね」

女の子たちが、川中に挨拶《あいさつ》して店の奥に入っていく。映子も、遅れずにやってきた。黒い、胸の開いたロングドレス。はじめの晩に着ていたやつだ。鎖骨の線が、きれいに見える。

映子は、私にむかってかすかにほほえみかけた。意味はわかった。沢村が巻いているアスコットは、私がひそかにプレゼントしたものだ。

「デューク・エリントンが音をはずしたっての、ほんとうなんですか、沢村さん」

「私には、そう聴えた。そう聴えた時期があったということかな」

「音ってのは、その時聴く人間の心の状態で、どうにでもなるってことですか?」

「そうとしか言えないな」

「そんなものなんでしょうね」

「君は、デューク・エリントンのピアノにこだわってるのか。それともコルトレーンのサックスの方か?」

「両方ですよ」

「好きだね、叶さんも」

坂井は、二杯目は作ろうとしなかった。

六時半を回り、四十分になった。坂井の、かすかな眼の合図が飛んでくる。私は腰をあげ、さりげなくカーテンのむこう側に行った。

廊下だった。物置にでも使われているような部屋が、ひとつある。

突き当たりのドアを開けると、冷たい風が吹きこんできた。ビルの裏側らしい。方向の見当をつけた。大回りをし、できることならシティホテルにも裏口から入りたい。

「待ちな」

歩きはじめると、背中に声をかけられた。

「坂井が、あんたに報告したのか、藤木さん？」

「いや、ただ、坂井のやることは、俺にはわかる」

「表に、うるさそうな連中がいてね」

「こっちから出たのを、悪いとは言っちゃいない」

闇《やみ》が喋っているようだった。タキシードは、完全に闇に溶けこんでしまっている。これが多分、藤木という男のほんとうの姿だ。

「用事なら、早く言ってくれ」

気配は殺していた。藤木が、すっと近づいてくる。

「あんたが、社長や先生を狙《ねら》ってるんじゃないってことは、よくわかった。それだけわかりゃ、俺はいい。一度、きちんと言っといた方がいいと思ってね」

「俺は、君を好きになれんな、どうも」

「好かれようとして、生きたことはないよ」

「なぜ？」

「生きることが、面白くなると困るからさ。俺は、面白がって生きちゃならないんだ」

「川中さんは、愉しそうだがね」

「社長も、面白がっちゃいない」

「じゃ、なぜ生きてるんだ？」

「死なないからさ」

「それは、俺にもわかる。人間は、寿命ってやつが尽きるまで、殺しても死なないもんさ。こんな考え、おかしいかな」

「いや」

「俺が狙っている男が、まだ長い寿命を持っていたら、死なないよ。どんなやり方でも、死にはしない。寿命が尽きているんなら、俺が手を出さなくても、死ぬな。実につまらんことで、たとえば転んだとか、乗った飛行機が墜《お》ちたとか、そんなことで死んじまう」

「仕事は、ただその手伝いをしている、というわけなのか」

「そう思ってる」

「あんたが死ぬ時は、叶さん？」

「それも、寿命が尽きた時だ」

「わかった。もう行けよ。この先には、見張ってるやつは誰もいない」

頷いた。その時、藤木は闇の中に消えていた。

20 前哨戦《ぜんしようせん》

ひろ子は、ちょっとぎこちない手付で、カードをぱらぱらとシャッフルした。

「条件はこれよ、叶さん。スタッドポーカーで一度きり。あたしに勝ったら、病院と薬局と、買いに来ている人間のことを教えてあげるわ」

「なぜ？」

「絶対に勝とうと思った時、負けたことがない。そう言わなかったかしら」

「そう思いこもうとしている、とは言ったね」

「あたしに、勝てる？」

「もう、勝ったさ」

「どういう意味？」

「意味なんかないね。とにかく、俺はあんたに勝った。これは、どうしようもない事実なんだ」

「過去形の？」

「そう」

「大変な自信ね」

「自信とは、また別のものさ」

ひろ子の手からカードを取って、私は二、三度シャッフルした。

「引いてみろよ」

ひろ子が、真中あたりのカードを引いた。私も一枚引いた。スペードのジャック。

「負けだわ」

「俺は、博奕《ばくち》打ちじゃない。必要に応じて勝負するし、必要に応じて勝つ」

「嘘《うそ》。そんなこと、できるわけないわ。もう一度、引いてみましょうよ」

「駄目だ。もう必要はない。必要のない勝負は、絶対にしないことにしている」

「どうしてなの？」

「博奕の好きな人間は、必要もないのにやってる。俺は、好きでもないのに、必要だからやってる。その違いだよ」

負ける時は、負けるはずだ。それは、寿命が尽きれば死ぬことと同じだった。そういうものだと思えば、負けることに恐怖はない。

ダブルベッドの部屋だった。椅子とテーブル。ライティングデスク。ホテル・キーラーゴの造りと較べると、ずっと落ちる。

「配れよ。好きなだけシャッフルして、五枚ずつ」

「もういいわ。どうせ負けるんだ、という気がしてきた」

「その通りさ」

「傲慢《ごうまん》というわけでもないのね。なんなの、あなた？」

「自分がなんだか知っている人間が、どれほどいるのかな」

「あたしは四十二歳で、医者で、結婚の経験はなく、たったひとりの男に苦労させられて、それでも病院をなんとかやっている。患者には、やさしい医者だと言われてて、もしかすると尊敬されているかもしれない」

「それが、君か？」

「違うわね」

「考えるだけ無駄だということは、いくつかあるよ」

私は、カフェバーの経営者で、時々殺しを請け負い、失敗したことはなく、標的以外の人間を殺したこともない。時々店に出るだけで、ふだんは車を飛ばし、うまいコーヒーのある店を捜し、ジグソーパズルに熱中する。決まった女は二人いて、ひとりは店をやり、もうひとりは人妻だ。

それが私とは、言えなかった。

「村井《むらい》医院というのがあるの。駅のむこう側の、オールドタウンよ」

「オールドタウンか。君のところもそうじゃないのか？」

「あたしのとこは、せいぜい四、五十年前からね。四、五百年も前から、あそこは街だったはずよ。戦《いく》さで焼かれたりはしたんでしょうけど」

「村井医院で、自費扱いの処方箋を出してるんだな」

「患者の名前は、適当なものでしょうね。インシュリンがなくなったといって、飛びこんできたらしいから。一度だけ、診療したそうよ。その時は、急患扱いで、四日分の処方をしたらしいけど、それから代理人が来て、一週間分ずつ処方箋を貰っていくんですって」

「ありがとう」

「あなたが捜してる人間と決まったわけじゃないけど、あたしに集められる情報って、この程度のものだったわ」

「充分だよ」

「医学的にどうかとか、そんな話は医者同士でするんだけど、患者個人の問題は、ほとんど話題にならないものよ」

「代理人の名前を、調べられるといいんだがな」

「中里のおばあちゃん、という人らしい」

「中里？」

聞き憶えのある名だった。しばらく記憶を探り、安見のボーイフレンドの顔が浮かんできた。

「これで、知ってることは全部」

「ポーカーでもやるかね。食事でも賭《か》けて」

「スリルがないな。捜している人を見つけたら、どうするのか教えて」

「射殺する」

「それはすごいな。銃は？」

「二二口径のマグナム弾さ。手帳の鉛筆ほどの細さで、急所以外で人を殺せない」

「頑張ってね」

「帰っていいのかな」

「なるべく早くね。男が来ることになってるの。つまらない男。お金でどうにかなる男としか、あたし付き合わないようにしたの。そんな男を、あなたに見られたくないわ」

男が来るというのが本当かどうか、私に判断はつかなかった。

職員通用口から、ホテルを出た。一旦《いったん》市庁舎の方へ歩き、途中で路地に入って引き返した。

私の車のそばに、男が二人立っている。

「車、出したいんだがね」

「どこへ行ってた。店の裏口から抜け出すような真似しやがって」

「どこから出ようと、人に迷惑をかけたわけじゃないさ」

「そうだな」

油断はしていなかった。右側の男の足が飛んできた時、私はとっさに左側の男に体当たりを食らわしていた。

車を背にする。どの程度、この男たちはやる気なのか。

「怪我《けが》するぜ」

私は呟《つぶや》いた。男たちは、身構えを崩そうとしなかった。踏み出してくる。踏み出す。ひとりの男と、躰《からだ》が交錯した。小さな叫び。掌《てのひら》で押さえるよりさきに、男は自分の肘《ひじ》の方に眼をやった。血が噴き出している。

「言ったろう」

バックの、小さなナイフ。もうひとりが蹴《け》りつけてくる。横に払った。臑《すね》を押さえてうずくまった男に、私はちょっと眼をくれ、車に乗りこんだ。

エンジンをかける。

ライトを点《つ》けると、闇の中に男たちの姿が浮かびあがった。

駐車場を出た。追ってくる車はいなかった。そのまま、海のそばまで突っ走った。

車が二台追ってきた。引きつけた。三台が連なるような状態になった時、私はようやく本気で踏みこんだ。すぐに、二台が遅れはじめる。

ホテル・キーラーゴの脇を走り抜け、蒲生がいるヨットハーバーの近くまで来ると、左へハンドルを切った。山道になった。街灯ひとつない、狭い農道である。

スピードをあげた。二台の車のライトが、ほとんど見えないほど遠くなった。山をひとつ越え、産業道路の方から街へ入っていった。

振り切った。私は農道から街道に出て、再び街の方へむかった。

充分にひっかき回してやっている。連中は、力のほとんどを、私を追うことだけに使っているはずだ。

産業道路のトラックを抜きながら、港まで突っ走った。腕の立つ人間とは、まだ出会っていない。運転も下手なら、刃物からの身の守り方も知らない。

再び海沿いの道。ようやく、私を見つけて追ってくる。電話で連絡でも取り合っているのか、途中から一台増え、三台になった。

同じコースを走った。横から、もう一台出てきた。四台分のヘッドライト。ただ私の車を照らし出している。

左に曲がった。市庁舎の脇を通り、メインストリートに出た。まだ、それほど車は少なくない。これだけ派手に走り回れば、パトカーも黙っているわけにはいかないだろう。サイレン。赤色回転灯の点滅。

そろそろ、大人しくしてもいいころだろう。デパートのそばで、私は車を降りた。『ブラディ・ドール』まで、歩いて四百メートルといったところだ。

ブルーメタリックのシトロエンCXパラス。歩いている私のそばで停止し、ウインドが降りた。

「乗れよ、叶」

私は立ち止まり、ちょっと考えて右側の助手席に乗りこんだ。

「派手にやりすぎてる」

車の中は、パイプ煙草の煙でいっぱいだった。

「今夜が、前哨戦《ぜんしょうせん》でね」

「この街のパトカーを、全部動員するつもりか」

「場合によっては。こっちは一台で、むこうは何台もいる。この際、使えるものはなんでも使わないことにはな」

キドニーが、低い声で笑った。背後から、赤色回転灯が近づいてきた。キドニーの車は、路上を這《は》うようだ。すぐに追いつかれる。

「まさか、低速運転なんていう違反があったかかな」

パトカーの隊員は、キドニーの顔を知っているようだった。免許証を見せろとも言わない。

「暴走運転をしている連中がいましてね」

「それで、俺が停められる理由は？」

「気をつけていただこうと思いまして」

「なにを？」

「事故が起きてもおかしくないスピードで、街の中を走り回っておりますから」

「わかったよ」

警官が行っていいと言う前に、キドニーは車を出した。やはり、二速までしか入れない。

「これじゃ、車がかわいそうだな」

「俺と出会ったのが、この車の不運さ」

「せめて、三速で走ってやれよ」

「そういう場所ならな。ところで、どこへ行くつもりだった？」

「川中の店さ」

「藤木や坂井を巻きこむつもりか？」

「わからんね。俺は計画して行動するタイプじゃない。とにかく、どんな連中が俺を追おうとしているのか、確認することがさきだ」

「三崎《みさき》商会の連中と、そいつらに雇われた美竜会の雑魚さ」

「手強《てごわ》いのが、出てこないんだ」

「で、川中の店か。やつらも、前哨戦だと思ってるのさ。ほんとうに追わなくちゃならないのは、おまえじゃなく、町田静夫なんだろうからな」

「さすがだね。この街でなにが起きようとしているのか、ちゃんと摑《つか》んでいる」

「標的は、町田か。川中でもやる気じゃないかと思って、俺は期待していたんだが。まあ、川中の店はいつでも行ける。これからちょっと、俺に付き合わないか」

「めずらしいね」

「と言われるほど、親しい付き合いをした憶えはないがな」

「前哨戦の真最中の俺を、途中で捕まえて言う科白《せりふ》かね」

「なんでも、ひとりでやろうとするタイプだな。まるで、何年か前の川中ってとこだ」

「遊びじゃないんだよ」

「俺も遊んでるつもりはない」

「危険という意味で、俺は言ってる」

「それもわかって、誘ってるのさ」

車は、『レナ』のある方へむかっていた。

ようやく、キドニーが三速にシフトする。エンジンの音も、いくらか静かになった。

「こいつだって、その気になれば、相当スピードは出る。わかるか、俺がなぜシトロエンなのか？」

「サスペンションがやわらかだから。多分そうだろう」

「ぶつかっても、いくらかはこのサスペンションが吸収してくれるだろう。そう思ってはいる」

「それだけじゃないのか？」

「川中がポルシェに乗ってる。対照的な車が欲しかった」

「俺はフェラーリ328だぜ、キドニー」

「そんなのを転がしているんだろうとは思った。イタ公の走り方だよ、おまえのは」

「どこまで行くんだ」

さっき『レナ』の前は通りすぎた。このさきにあるのは、海水浴場と美竜会の賭場ということになる。キドニーは、まさか博奕《ばくち》に誘っているわけではないだろう。

「実は、困ったことになっててな」

「俺が関係あることでか？」

「糖尿病の依頼人を抱えちまった。なんとかしてやらなきゃならなくてね」

「いつからだ？」

「ひと月も前になるかな」

「それじゃ」

「おまえを見た時、俺の依頼人を殺しに来た男だと、ピンときた。町田は、殺されるか連れていかれるかしかないだろう」

「俺を降ろせ、キドニー」

「死なせたいんだ」

「なんだと」

「町田は、死ぬのが一番いいと思う。どう考えても、連れていかれるのはまずい。逮捕されるのもな」

「人と組んで、仕事はやらない。それが俺のやり方だ」

「わかっている。とにかく、町田と会ってみてくれ。俺も、実は二度目の面会でね。ひと月前に一度会ったきりなんだ」

「依頼の内容は？」

「逮捕された場合の、資産の保全。町田の場合は、現金だけだが。半分以上は、国外の銀行らしい。残りの半分が、やつにとっちゃ問題なのさ」

私は、ホテルの部屋の、ベッドの底に貼《は》りつけてあるものを思い出した。二二口径。

前哨戦に、町田は現われないはずだった。

21　殺し屋

賭場のあるモーテル。そこも通りすぎた。小さな村がいくつかある。そのたびに、キドニーは村の名前を確認していた。

かなり山側に寄った方の村だった。

小さな農家に、キドニーは車を入れた。

「ここで、三軒目らしい。何日かいては動くということを、くり返しているんだ。夕方、電話がくるまで、ここだとは知らなかった。電話をよこしたところを見ると、次の移動さきは決まっているな」

「街の様子に、気がついたのかな？」

「多分。町田に協力している人間も、動きがとれなくなった。そこで、俺と相談しようという気になったのかもしれん」

家から、男がひとり出てきた。

それを確認して、キドニーはエンジンを切り、車を降りた。

出てきた男は、まだ若い。せいぜい二十五というところだろう。ゴム長靴を履き、農家の青年のような恰好をしているが、車の中にいる私にも感じられる殺気があった。

キドニーと話していた青年が、車の方を覗きこんでいた。大した警戒心は与えなかったはずだ。気配を殺していられるだけ、私の方が上だった。

降りてこい、とキドニーが合図をしてきた。

私は車を降りた。青年が、私の躰を探ったが、靴の中に隠したナイフまでは気づかなかった。いい躰をした青年だ。眼配りにも隙《すき》がなかった。

空屋になっているところを、借りたらしい。家の中は、かすかに石油の臭《にお》いがし、空気が暖かかった。

襖《ふすま》を開けると、奥の部屋に老人がうずくまっていた。老人と見えたが、町田は四十九歳のはずだ。

「老けたね、町田さん」

土間に立ったままで、キドニーが言った。

「こいつは俺の助手で、私立探偵のようなもんだ。大して気にすることはないよ」

「気にはせんさ」

声も老いていた。糖尿病から想像するような、肥満体ではない。といって、瘦《や》せているわけでもなく、全体にむくんでいるという感じだった。眼の下には隈《くま》が貼りついている。

「とうとう、嗅《か》ぎつけられた。瞬間との勝負だったがね。あんたに依頼した件、ちゃんとやってくれているだろうな」

「法人を二つ設立した。やったのはそれだけだね。国内にある金を、そのまま持っていようというのは、虫がよすぎる状況だよ。その認識はしっかりして貰いたい」

「なんのための弁護士かな」

「やれることは、すべてやっている。どんなに報酬を貰おうと、無理なものは無理だ」

「君を私に紹介した男は」

「言うなよ。俺はその人に世話になった。死にかかった時にな。生きている以上、返せるものは返そうと思っている」

「電話で聞いたところによると、私の金は三分の一も保全できないね」

「人間ひとりが、一生豪勢に遊んで暮せる額じゃないか」

「もう一度、日本に戻ってくる。私を嵌《は》めた人間や、そっぽをむいた人間に、それなりの礼をしなくちゃならんのだ」

「あんたが騙《だま》した、何万人という人間に、礼をされるかもしれないぜ。とにかく、あんたは、日本での場は永久に失っていると考えた方がいい」

「私が金をバラ撒いた政治家どもは、場合によっては死んだ人間ですら、生き返らせかねない。自分たちの得になると計算すればな。私ひとりの場所くらい、簡単に作れるさ」

「その連中にとっても、あんたは触るのも危険な存在なんだ」

「せいぜい二、三年と、私は読んでる」

「無事に、海外へ行けると思うのかね？」

「今度、君に連絡する時は、海外かもしれんよ」

町田が、背を丸めてくっくっと笑った。石油ストーブの上には、真新しいヤカンがのっている。湯気のむこう側で、町田の顔はぼやけて見えた。

「困ったことは？」

「ある。すべてに困っている。ただ、我慢しているのも、あと二、三日のことだ」

「ほう」

町田が、また笑った。私の標的。厚いカーディガンの上に、さらにマフラーまで巻いて、狡猾《こうかつ》な眼の光にも、どことなく弱々しさが滲《にじ》み出しはじめている。

青年は、私とキドニーの後ろに立って、じっと動かなかった。最初に出てきた時の殺気はもうないが、いつでも後ろから飛びかかれるという姿勢は崩していない。

「重要な問題がひとつあるんだが、まあ、解決するだろう」

「海外へは、船で？」

「想像に任せよう」

「とにかく、ここに権利関係の書類がある。俺の仕事は、ここまでだね」

「いいとも。人間は、仕事をやりすぎるのが一番よくない」

「幸運を祈るって気にはならんよ、正直なところ」

「幸運は、人に祈られて摑むもんじゃない。自分の力さ」

「多分、もう会うことはないだろう。糖尿病はお大事に」

ちょっとだけ、町田の顔に暗い翳《かげ》がさした。すぐに笑いはじめる。

「困ったことがあった時は、この男に相談してくれ。乗れる時には、金次第で乗るはずだから」

キドニーと私は、外へ出た。

車のそばまで、青年は付いてきた。

「どういうことなんだ、おい？」

海にむかって走った。私は、靴の中のナイフをズボンのポケットに移した。腕の立つ用心棒なら、私の歩き方で気づいたかもしれない。

「あの男を、死なせてくれ」

「死なせる、とは？」

「病気でもいい。事故でもいい。殺されたというかたちでなく、この世から消してしまってくれ」

「財産を、自分のものにでもしようってのか、キドニー？」

「俺の依頼じゃない。あの男を紹介してきた人からの依頼だ。どういう関係なのかは知らんよ。とにかく、俺はその人に世話になった。こっちで開業できたのも、その人のおかげでね。いや、生きていられたというのが、その人のおかげだ」

「世間に、殺された男などというイメージを残したくないということか？」

「そうじゃないかと思う。俺の恩人とあの男の間には、こっちではわからない友情のようなものがあるような気がするんだ」

「逮捕されるのも、殺されるのも、別の連中に捕まるのも駄目だってことか」

「おまえが受けている依頼と、俺の頼みと、重なり合う部分というのは、あるだろう？」

「わからんな」

海沿いの道に出た。

「名誉だけは残してやりたい、という友情なのかな」

「名誉なんてもんは、とうの昔にどこかに忘れてきちまった男さ。何万人もを詐欺にひっかける。そんな真似ができる男だぜ。それも、もう少しうまく運んでいれば、合法的なもので通ったかもしれないんだ」

「町田が具体的になにをやったか、詳しく知ろうとは思わん」

「それが、殺し屋ってやつか」

「俺を、なぜ連れてきた」

「あの若いのを見せておこうと思ってね。相当腕が立つようだ。東京を脱出できたのも、あの男がいたからじゃないかな。町田の養子ということになっている」

四速で、軽く走っていた。車内は静かだ。来る時の、低いギアでの高回転の走りは、エンジンを回してやるためだったのか。それとも、エンジン音を誰かに聞かせるためだったのか。

「驚いたよ。恩人なんて言葉を、おまえの口から聞くとは思わなかった」

「この件では町田を庇《かば》っているが、同類じゃない。自分ではどうしようもない時に、助けられた。恩人というのがおかしければ、命の借りがあるとでも言っておこうか」

下手な運転ではなかった。コーナー手前でのシフトダウンなど、手馴《てな》れたものだ。回転を合わせているので、変速ショックはまったくない。

「腎臓以外に、弱味はない男だと思っていたよ」

「さっきの話は？」

「断る」

「そうだろうな」

「不可能に近いと言ってもいい」

「町田は、もう移動しているだろう。直前に、俺と会うことにしたんだよ。だから、おまえのことも大して気にしなかった」

「移動さきは、わからんわけだな」

「まあ、船は見つけた、と俺は読んだよ。漁船かなにかで沖までいく。通りかかる貨物船に乗りこむわけだ」

「だろうな」

「二、三日と言ってた」

「無理だ、キドニー。俺は俺のやり方でやるだろう」

「切るのか？」

「眉間《みけん》に、ひとつ穴が開くだけだ。大して出血もしない。屍体《したい》を片付けるところまで、依頼されればやるがね。今回は、殺しっ放しでいいそうだ」

弾は、突き抜ける。人間の躰のどこを撃とうと、突き抜ける。小さな弾丸で、薬量は多い。しかも、フルメタルジャケットの弾丸だ。突き抜けた弾の行方がわからないところでしか、私は撃たなかった。だから、条痕《じょうこん》はどこにも残っていない。熱い拳銃《けんじゅう》として手配されたら、手に馴染《なじ》んだものでも、もう使わない方がいいのだ。

ロスで、私の銃は一度、条痕を登録された。熱い拳銃となったものを、私は即座に海に捨てた。三五七マグナムだった。

貫通力が秀《すぐ》れた銃を、その時捜しはじめた。四四マグナムであろうが、三八スペシャルであろうが、貫通力はあった。しかし屍体《したい》が汚なくなる。威力がありすぎるのだ。

ＳＷのＭ48。命中の精度も貫通力も申し分なかった。ただ、威力が劣る。急所に命中させるしかないのだ。

私には、合っていた。はずせば、こちらが殺される確率は高くなる。相手が四四マグナムでも持っていたら、掠《かす》っただけでも躰が動かせないほどの衝撃を受けるのだ。四四マグナムは、日本ではほとんど見かけなかったが、アメリカでは時々見かける。三五七マグナムは、一般的に普及していると言ってもいいだろう。

「日本で腕を磨いた殺し屋じゃないな」

「どこででも、俺は腕を磨いたさ」

「いままでに、何人殺した」

「相手の人間の人生の幕を引く。そういう仕事だとしか思ってこなかった。幕が引ければ、その人間の人生は、そこで終りだったんだ。たとえ俺が幕を引かなくてもね」

「勝手な論理だぜ、叶」

「生きてるってことが、勝手なことなのさ。それの終りも、やはり勝手な論理で決められる。それでいいじゃないか」

「死を、理不尽とは考えないわけだ」

「誰だって、死を背負って歩いてる」

「いかにも、殺し屋の死生観だな」

「俺も、そうやって死ぬ。誰かが幕を降ろすかもしれんし、自然に降りるかもしれん」

「俺のように、半分死んでいる人間は、生きたいと思うもんだよ。切実に思う」

「思うことと、現実に生きていられることとは別なんだ」

モーテルの明り。今夜は丁半の博奕《ばくち》でもやっているのか。通りすぎた。キドニーが、火の付いていないパイプをくわえた。

「依頼された仕事は、いつでも受けるのか？」

「いや」

「仕事を選び、自分の決めたやり方でなければやらない。どこか鼻持ちならないな。気障な殺し屋だぜ、まったく」

「殺すために生まれてきた者もいる。犯罪者を無罪にするために生きている男もな」

「すべてを、人生という言葉だけで片づけてしまう人間が、よくいる」

キドニーは、パイプに勢いよく息を通した。

町田のどこに隙があるか、私は考えていた。ここまで逃げきり続けてきた男だ。最後の最後になって、失敗することはないだろう。海外脱出の計画は、周到に進められていると考えた方がいい。

「どこへ行く、叶？」

「川中の店だな」

「俺も、一杯付き合おう。町田の仕事は、反吐《へど》が出そうなものだったんだ」

「酒瓶の中に懺悔《ざんげ》する習慣はないいな」

「俺も、川中の店で懺悔する気はない」

いつの間にか、『レナ』も通りすぎていた。

「町田は、街が騒々しくなっていることに、気づいてるだろうか？」

「気づいてる。俺の届け物も、約束じゃ一週間さきでよかったんだ。それが、すぐ届けろときた」

ひとつだけ、大事な問題がある、と言っていた。それがインシュリンなら、つけこむチャンスはある。

「ミュージックテープを放《ほう》りこんでくれないか。マッコイ・タイナーがあるはずだ」

スイッチを入れ、テープをデッキに押しこんだ。ピアノソロが流れてきた。いいアンプを使っている。音が、室内に満ちてくるという感じだった。

「ひとりで、ジャズを聴くのが好きでね。それから、ひとりで海を眺めているのも」

キドニーが、松林のむこうの岩場に腰かけ、海を眺めている姿を一度見た。見てはならないものという感じがして、私は引き返したのだった。

22　盗聴

ホテルの明りが見えていた。

前方を、二台の車に挟まれた。後ろにも一台いる。動きようがなかった。男たちが降りてくる。

「今夜は、まったくあんたの夜だったよ。よく振り回してくれたもんだ」

「ドライブが好きなもんでね」

「同じ人間を捜している。そうだな？」

「町田、という名前ならな」

「いろんな人間が、町田を捜してるよ。おまわりまでな」

「お互いに、苦労するよな」

「あんたは、映子って女にかなり食いこんでる。こっちじゃそう見てるんだが」

喋《しゃべ》っているのは、四十がらみの、背の低い男だった。寒そうに、ポケットに手を突っこんでいる。私は、シガリロに火をつけた。五人。その中の二人は、かなりできそうだ。

四十がらみの男の首筋にナイフを押し当てる。この場を逃れるには、それしか方法はなさそうだった。しかし、近づいてこない。五歩。どう動いても、距離がありすぎる。

「シティホテルの駐車場じゃ、うちの若いのをかわいがってくれたようだし」

「あんな子供に、俺の車の番をさせるからさ」

「まったくだ。興信所かなにかと思ったが、相当なもんだね。わかってたら、はじめから話のつけ方があったのにな」

「この連中は、みんな美竜会かね？」

「やつらは、頼りにならん。骨抜きにされちまってるね。駐車場の二人も、美竜会から借り出した若い者《もん》だったが、あの通りだ」

「すると、自分たちで乗り出してきたってわけか」

「あんた、この辺の地理もよく知ってる。街の有力者とも、友だちらしい。それでも、町田は見つからないのか」

「駄目だな」

「この街さ。それは間違いないんだ。あんたが協力してくれれば、むざむざ警察《サツ》にさらわれることもないと思うが」

「仕事は、ひとりでやるよ」

「いくらになる？」

「あんたらには、雇えん額さ」

「こっちも、余計な動きをされると、心配でね。協力するか、じっとしていてくれるかなんだが」

「両方とも、できないね」

「じっとしていなくちゃならないようには、いくらでもできるよ」

「誰も、俺をじっとさせてはおけないさ」

「計算も、できない男か」

「仕事をやりに来たんであって、計算をやりに来たんじゃない」

右の男が、一歩前へ出てきた。四十がらみの男は、かえって遠ざかったぐらいだった。

シガリロを、右の男にむかって弾《はじ》き飛ばした。その時、左の男は蹴《け》りあげていた。三歩、四歩。あと一歩、足りなかった。背後から抱きつかれている。跳ね飛ばした。四十がらみの男は、ようやく退《さ》がることに気づいたようだ。右。体当たりだった。吹っ飛んだ私の躰《からだ》が、組みとめられる。続けざまに、顔と腹にパンチが来た。組みついている男を、背中に担ぎあげる。地面を離れると、人間の躰などどうにでも扱える。上体を振って、背中の男をもうひとりに投げつけた。

後頭部に、体重のかかった蹴りがきた。腹も、同時に蹴りあげられていた。息が詰った。倒れたまま、私は車まで転がり、そこで膝《ひざ》を立てた。

「気をつけろ、ナイフを持ってるはずだ」

ナイフでやり合えるのは、二人までだ。こちらの刃物が、相手の刃物を誘う場合もある。本格的にやろうという感じが、連中にはなかった。ほんのちょっとの威《おど》し。そのつもりなのだろう。低く、私は身構えた。ようやく、肺には空気が入るようになっていた。

左端の男に、頭から突っこんだ。横から蹴りが来た。四十がらみの男は、十歩以上も離れたところで眺めている。絡み合った男の鳩尾《みずおち》に、肘《ひじ》を叩《たた》きこむ。前の男を蹴りあげる。

また後ろだった。膝をついていた。

私はそのまま倒れこみ、海老《えび》のように躰を丸くして、こめかみから脇腹にかけての急所を腕でガードした。蹴りが、躰に食いこんでくる。

不意に、衝撃がなくなった。足音が遠ざかる。エンジンの音も聞えた。

私はそろそろと躰をのばし、頭だけ持ちあげた。ハイビームのライト。それが、連中を追っ払ってくれたらしい。

上体を起こした。車が、そばまで進んでくる。ポルシェだった。

「よう、派手にやられたな」

ウインドから顔を出したのは、川中だった。

「あんたが、助けてくれたのか？」

「助けはしないさ。ハイビームにして、やつらの姿を、照らしてやっただけだよ。悪いことってのは、明るいところじゃやりにくいもんらしいな」

「礼を、言っておこう」

「必要ないね。寒くて、車を降りもしなかった。やられてるのが君だとわかっててだぜ。恨まれたっていいぐらいだ。もっとも、急所はしっかりガードしてたみたいだな」

「どこまで、ガードしきれたかは、わからんよ」

「ホテルへ帰るのか。俺の車に乗っていくかね？」

「いや、どうにか運転はできそうだ」

ゆっくりと、立ちあがった。ちょっと眩暈《めまい》がしたが、二歩の間に消えた。

「明日、いまいましいぐらいに痛くなるぜ」

「わかってる」

「俺は、蒲生の爺《じい》さんのところへ行くんだ。明け方、絶対に寒鰤《かんぶり》があがるポイントがあると、しつこく言うもんでね」

「明け方の釣りは、付き合えそうもないな」

「蒲生の爺さんの船は、二人乗るのが精一杯だ」

「心配しないで、行ってくれ。ホテルの明りは、そこに見えてる」

川中が頷《うなず》いた。エンジンの唸《うな》りを残して走り去っていく。

私は、自分の車をトロトロと走らせて、ホテルへ戻った。ナイトマネージャーは、びっくりしたように私の顔を見た。

「医者を、お呼びいたします」

「いいんだ。山で転んじまってね。腫《は》れるだろうが、大したことはない」

「お預かりしているものがありますが」

紙袋を差し出された。メッセージも付いている。坂井からだった。

――早い方がいいと、社長が判断しました。

書いてあるのは、それだけだった。

店を抜け出して、買ってきたのだろう。八時まで開いている薬局は、あるという話だった。十一時に、キドニーと店に行った時、坂井はなにも言わなかった。キドニーがいたからだろうか。川中も、さっきはなにも言わなかった。

部屋へ戻った。

トイレで胃の中のものを吐き出すと、気分はだいぶよくなった。

私は、四日分のインシュリンをテーブルに並べ、シガリロを一本喫《す》った。

思った以上に、使い道は大きくなるかもしれない。町田が抱えている重大な問題が、こいつならばだ。

服を脱いだ。方々に痣《あざ》ができている。顔もひどかった。痛みは、まだない。ほんとうに痛くなってくるのは、ひと晩眠ってからだ。それも、大したことはなさそうだった。

サンディエゴで、百五十キロ近くに肥《ふと》ってしまった元プロボクサーに、サンドバッグにされたことがある。私の標的のボディガードだったのだ。あの時、痛みは三日経《た》っても起きなかった。躰が痛いと感じるのを忘れていたのかもしれない。その代り、三日間はひどい気分だった。たえず、腹の中のどこかが破れていくような感じに襲われた。そのたびに、小さなタオルで拭《ぬぐ》いきれないほど、冷や汗が出た。

死が近づいてきている。そんな気がしたものだ。怖《こわ》くはなかった。俺の幕を引いたのはあのボクサーか、と思っただけだ。

死と、握手はしなかった。三日過ぎてから、躰の方々が痛みはじめたのだ。痛みは、大抵の場合、死と相反する。

ベッドの下から、二二口径をとり出した。そんな場所に隠すのは、アタッシェケースを調べられた時の要心だった。隠しおおせるものではないが、相手が想像しにくい場所の方が、緊急の場合手にできる可能性は強い。

シャワーを使い、ビールを一本飲んで、ベッドに入った。午前二時を回ったところだ。

ノックで起こされた。ドント・ディスタープの札は出している。

魚眼から覗《のぞ》くと、秋山が手を振った。

「一週間分の勘定は、カードで済ませたはずだがね。滞在は、延長したい」

「それはどうも。勘定の方はまたたっぷり貰《もら》うとして、どうしたんだ、その顔は?」

「化粧したんだ。ゲイバーで働くことにした。この街には、本格的なやつはなさそうだからな」

私は、窓を十センチほど開いた。それ以上は開かないようになっている。波の音が、部屋に入りこんできた。外は雨だ。

「何時だと思ってる?」

「おはようと言うべきか、おやすみと言うべきか、本気で迷ったよ」

私はシガリロに火をつけた。躰の痛みも一緒に眼《め》を醒《さ》ましていたが、大したものではなかった。もうすぐ、八時になる。

「ひとつ、注意しておこうと思ってね」

「なにを？」

「うちの電話交換手さ。夜勤の方じゃない。とてもいい声をしてるんだが、どうも美竜会に恋人がいるらしい」

「どういう意味だ？」

「美竜会に知られたくないことだったら、午前八時以降は電話を使うなってことさ」

「経営者が、そんなことを言うのか。馘《くび》にすれば済むことだろう」

「キドニーに言われてる。君には便宜をはかってやってくれとな。黙って馘にするよりも、教えておく方がいいかもしれない、と思った。それだけさ」

「しかし、よく調べがつくね」

「美竜会に恋人がいるのは、前からわかっていた。まじめに働くかぎり、どこに恋人がいようといいさ。ただ、きのうあたりから街が騒がしくてね。どうも、君も美竜会もその騒ぎと関係ありそうだ。それで二度、外から電話をさせて確かめたのさ」

「念が入ってるよ」

「ホテルというのは、変な評判をたてられたら終りだ。大抵、人のことで評判をたてられるものなんだよ」

秋山は煙草《たばこ》をくわえ、勢いよく煙を吐いた。紳士だが、どこかに不敵な面構えもある。

「めずらしいな、キドニーが」

「そうかね。言ってみれば、やつはトラブル処理が仕事だろう」

「いつも、そばで見物している。処理が必要になった時、俺がいるという感じで出てくるのさ。俺がこのホテルを建てた時、やつはかなりのめりこんで手を貸してくれた。それでも、川中と決定的な対立はしようとしなかった。いま考えれば、俺と川中を嚙《か》み合わせることは、あいつの立場なら難しいことではなかったんだ」

口の中が痛かった。何か所か切れているようだ。腹や背中や腰にも、鈍い痛みがある。腫れて、熱を持っているところもあった。

「おかしな二人だよ。俺たちの窺《うかが》い知れないところで、深く結び合っているのかもしれん。キドニーが子供の部分をむき出すところで、川中は大人だし、その逆もある」

「俺は、キドニーって男が好きだよ。理由はよくわからん」

「川中に対しては、みんなそう言うがね」

煙草を消し、秋山が立ちあがった。

私は窓辺へ行き、雨にかすんだ海に眼をやった。不思議なほど、海は色を失っていた。晴れた日は、群青に見えたり緑に見えたりするのだ。いまの色を、鈍色《にびいろ》とでもいうのだろうか。雨だというのに、波の間には漁船の姿があった。天気にあまり関係なく、水温で漁は決まるのだ、という話を聞いたことがある。遠い記憶だった。

八時を回った。

私はひろ子の電話番号を回した。

「診察は、九時半からよ」

「あれは、どこだった？」

「あれって？」

「インシュリンを欲しがっている、台湾の男さ」

「リゾートビラ。でもそれ」

「俺の質問にだけ答えてくれ。答えてくれるだけでいい。はじめのポーカーの勝負と同じさ」

「そうなの。わかったわ」

「リゾートビラの、何号室かね？」

「四〇二。通いのお手伝いがひとりいるだけらしいわ」

「リゾートビラの四〇二号だな。そいつが、どうも町田静夫らしい。こんなに近くにいるとは思わなかったよ。それも台湾名で」

「陳とかいう名よ」

「ありがとう、助かった」

それだけ言って電話を切った。

服を着た。

雨の中を、駐車場へ歩いた。人影はなかった。私はエンジンをかけ、駐車場から車を出した。

拳銃《けんじゅう》は持っていない。相変らず、ズボンのポケットのナイフだけだ。それも、グローブボックスに放《ほう》りこんだ。

雨に濡《ぬ》れた白い建物。海岸からちょっと奥に入った、高台にある。

どこで待つべきかしばらく考え、高台に通じる道路に車を停《と》めた。

23　誘拐《ゆうかい》

五分と待たなかった。

車が二台、吹っ飛んできた。

一台は私のそばに急停車し、降りてきた二人の男が、前方と助手席側から、拳銃を構えた。動けば撃つ、ということなのだろう。さらに三台、追いかけるようにして到着した。

私は待っていた。待っているものがやってくることが、人生で何度起きるのか。

リゾートビラの非常階段を、二人昇っていった。ベランダ伝いに、四階の左から二番目の部屋に入ろうとしている。

糖尿病を治療中の老人には、さぞ迷惑なことだろう。網の口をしぼったという感じだ。待っていたものが、やってきた。いきなりだった。林の中から出てきた警官に逮捕された。まず、私に銃を突きつけていた二人が、林の中から出てきた警官に逮捕された。

海沿いの道から、パトカーが三台、高台を駈《か》けあがっていく。山の方の道からも、サイレンが聞えた。

大変な捕り物だった。

黒塗りの車が一台やってきて、私のそばで停止した。

「嵌《は》めやがったな、叶」

「なにがだね」

「来い。おまえも参考人だ」

「無茶を言うなよ、水島さん」

「おまえが言った部屋には、六十八の台湾人の爺《じい》さんがいただけだ」

水島のトレンチに、心に滲《にじ》んだ口惜《くや》しさのように、雨が滲んでいる。

「俺が言ったって？」

「そうだ」

「誰に」

「やつらの誰かにだろうさ。うまく網をしぼりこんだつもりが、とんだ外道だったよ。おまえが、俺ややつらを嵌めたんだ。ちくしょう、これで俺が刑事だってことは、隠しようもなくなっちまった」

「点数をあげたじゃないか。拳銃を持ってるやつらを何人も逮捕しただろう」

「放すわけにはいかん。むざむざ、町田が動きやすい状況を作ってやったようなもんだ」

私はシガリロをくわえた。わざわざ雨の中に出ようとは思わなかった。手錠をかけられた男たちが、次々に引き立てられていった。海沿いの道には、いつの間にか十台ほどの警察車が並んでいる。

「車を頼む」

通りかかった若い男をつかまえて、水島が言う。それから、私の車の助手席に乗りこんできた。

「これで全部じゃない。挙げたのは、ほとんど美竜会の連中さ。県警じゃ喜ぶだろう。結構な玉が揃《そろ》ってるからな。東京から来た連中は、二人入っているだけだ」

「で、俺に用事というのは？」

「車を出せよ。所轄署で締めあげてやる」

「無駄だな。顧問弁護士を呼んで貰うことにする。俺はここに、リゾートビラを見にやってきただけでね。外観も場所も気に入った。ただ、下の道路まで遠い。そんなのをよく見ていたんだ」

「まさか、買う気だったとぬかすんじゃないだろうな」

「そのまさかだよ。管理人に頼んで中を見せて貰おうと思っていた時に、この騒ぎだ」

「うまく考えやがったもんだよ」

「いまは雨だが、ここはいい土地だからな。一週間ほどいて、気に入ってきたんだ」

「所轄署へやれ。話はそこで聞こう」

諦《あきら》めたように、水島が言った。

二時間で、釈放された。

道を訊《き》いた旅行者のように、私は警察署を出てきた。キドニーが待っていた。

「あの役者の警部、水島とか言ったな。俺と話をしているうちに、呆《あき》れて笑いはじめたよ。自分に呆れたという感じだった」

「だろうな」

「強引な手段で、町田をいぶり出すことに決めたようだ。その第一が、県内の薬局で、身もとのわかった人間にしか、インシュリンを売ってばならんという通達だ。どういう権利でそれをやるのかは知らんが、俺が抗議する筋合いでもない」

早い方がいいだろう。川中がそう言って、昨夜のうちに坂井にインシュリンを買わせていた。川中には、なにか勘のようなものが働いたのだろうか。

「どういうつもりだったんだ?」

「俺も、網をしぼりこんでるところさ」

キドニーの事務所に、車をむけた。街はとうに動きはじめているが、騒ぎの気配はどこにもない。警察署から、信号三つでキドニーの事務所だった。

「どうなるのかな、これから」

「自分で騒ぎを起こしておいて、暢気《のんき》なもんじゃないか」

「俺の経験から、こういう時はじっと待った方がいいと言える。誰かが、動き出すさ。もう水島は動いた。インシュリンの販売を厳しくするということでね」

「どこで手に入れているか知らないが、町田は非常に買いにくくなったわけだ」

女の子が、お茶を持ってきた。ちょっと口をつけたが、普通のものだ。このあたりの山側の斜面には、茶畑がかなりある。

「俺の趣味が、うまいコーヒーと、うまい日本茶というのは、変か?」

「俺の趣味は、ジグソーパズルだよ」

「趣味というのは、聞いてみるとみんな変なんだな。ジグソーパズルなんてもんを、俺はやろうと思ったことがない。なぜ大人がやったりするのか、考えてもわからんな」

キドニーが、パイプに葉を詰めた。私は諦めて、シガリロはくわえなかった。煙の量が違うのだ。だから香りでも圧倒される。

「次の動きね」

「東京から来た連中が、まだ残ってる。俺の見たところ、腕の立つのはそっちにいるね」

「警察から出てきた時は、拷問でも受けたかと思ったが、その顔は連中とやり合ったんだな」

「川中が通りかかって、助けてくれた」

「やつは、いつもそんな時に通りかかるんだよ。そして、出てこなくてもいいところに首を突っこむ破目になる」

「そういうめぐり合わせの人生か」

日本茶はいいものらしい。ちょっと甘いような感じだった。コーヒーは、『レナ』のもので充分なのだろう。

パイプの煙が、霧のように部屋に立ちこめていた。私は、窓を三センチほど開けた。ようやく、雨があがろうとしている。

「おまえの恩人というのは、弁護士か、キドニー?」

「本業はそうなるな」

「俺はかなり考えたがね、死なせる方法というのはひとつだけある」

「殺すんじゃなく、死なせるのか?」

「そうさ。いま警察がやってるよ」

「それは、いぶり出すためだろう。いくら町田でも、インシュリンがまったく手に入らないとなると、出て来ざるをえない」

「そうだな」

私はシガリロに火をつけた。喋ると口の中がまだ痛い。

午後になっても、はかばかしい情報は入らなかった。

私はホテルの部屋へ戻り、キドニーからの電話を待つことにした。

装塡《そうてん》した銃は、サックごと腰の後ろにぶらさげた。ナイフはズボンのポケットだ。

いまは、待てばいい。経験がそう教えていた。巻きこまれれば、全体の動きを見落とす。それで獲物を見失う。

町田は、船を待っているはずだ。それも、ここ二、三日の間の船だ。沖まで行く漁船は、どこの港でも調達できる。

午後三時に、電話が鳴った。

「関係あるのかどうかわからんがね、子供が攫《さら》われた」

「子供？」

「といっても中学生だがね。一年というから十三歳か」

キドニーの口調は投げやりだった。退屈している、という声だ。

「そっちはどうかね？」

「名前は？」

「名前って、子供のか？」

「調べてくれ」

「待てよ、思い出すから。中里とか言ったな。男の子だ。中里充」

ひらめくものがあった。

「出かけたところから電話する。それまでに、どういう内容なのか調べておいてくれないか」

「関係あるのか、誘拐事件が？」

「まだわからん。説明はあとだ」

私は服を着こんだ。

玄関のところで、秋山に会った。

「おかしな雲行きになってきた。出かけるのかね、叶さん？」

「ああ」

「娘のボーイフレンドが、行方不明でね。今日は、学校が午前中で終りだったらしい。午後、ここで待ち合わせたんだが、現われない。家へ電話して、行方不明がわかった。家では大騒ぎをしているらしいんだ」

「安見くんは？」

「私の部屋にいるよ」

「会えるか、ちょっと」

「構わないが、なにか知っているのか？」

「思い当たることがある程度だが」

　事務所とは別に、秋山の部屋があった。

　窓際に、安見がひとりで立っていた。窓は海の反対側に面していて、ちょっとした庭園と人気《ひとけ》のないプールが見えた。

「中里充とは、学校が終ってすぐ会うことになってたのか、安見ちゃん？」

「お使いを済ませてから、こっちへ来るって」

「誰の？」

「おばあちゃん。毎週、充くんにお使いを頼むのよ」

「どんなお使いなんだい？」

　安見が、私の顔を見つめてきた。私は、二、三度頷いてみせた。

「いろいろあってね。顔に怪我《けが》しちまった」

「パパも、前にそんな顔してたことあるわ」

「充くんのことだが、どこへお使いに行くのか、言わなかったのか？」

「どことは言わない。その日、おばあちゃんに会ってみないと、どこだかわからないのよ。箱をひとつ持っていって、封筒を貰って帰ってくるのよ。その封筒をおばあちゃんに渡してから、ここへ来るはずだったの」

「相手の人は、知らない人だね？」

「同じ人。場所が違うのに、いつも同じ人が来るんだって」

安見が、また人気のないプールの方へ眼をやった。

「歳《とし》をとった人かい？」

「お兄さんよ。嫌いだって言ってた。笑いもしないんだって」

「そうか。ありがとう」

「おじさん、なにか知ってるの？」

「わからないがね、君よりさきに充くんに会うことになるかもしれない。君が心配していたと、伝えておくよ」

部屋を出た。

玄関まで秋山は付いてきたが、なにも言わなかった。

車を飛ばした。

街の中に入った。平和な街だ。公衆電話のところで車を停めた。

「わかったか、なにか？」

「完全な誘拐だ。どうも臭い。箝口令《かんこうれい》が敷かれていて、断片的なことしかわからんが、水島警部が絡んでるんだ。ほとんど指揮をとってる状態と言ってもいい」

「断片的なことで、わかっているのは？」

「ばあさんの使いだ。今、ばあさんは署だよ。中里といえば、指折りの旧家でね。営利誘拐という線も捨てきれていないらしいが、どうもそれも頷けない」

「水島は、すぐにも出動しそうか？」

「いや、もうどこかへ行っちまってるよ。それからもうひとつ、東京から来た連中にも、なにかあったようだな。ひとり、折れた肋骨《ろっこつ》が肺に刺さって、病院の前に放り出されていた。黙秘らしいが、刑事が二人貼《は》りついてるんだ。交通事故かなにかだったら、そんなことはあり得ないしな」

「わかった。また連絡する」

車に飛び乗った。

運転しながら、話の筋を組立てていった。

町田は、この街へ来ても、やはりインシュリンを必要とした。東京のあの状態では、ストックもあまりなかったのかもしれない。

この街でインシュリンを手に入れていたのは、中里充の祖母だ。それを直接町田に渡すことをしなかったのは、町田の側の要心だろう。受け取る場所を毎週変え、中里充に使いをさせている。

町田と、中里充の祖母は、どこで繋《つな》がるのか。私の知るかぎりの情報では、どうしてもひとりの人間しか浮かんでこない。

産業道路が見えてきた。夕方近くのせいか、道はめずらしく混んでいる。産業道路を横切るのに、三回も信号を待った。

三吉町。二丁目のマンション。

結局、ここへ戻ってくることになった。顔をあげると、三階の右から二番目の窓に、ベージュのカーテンがかかっているのが見えた。

24　交渉

チャイムを押した。

二度目で、人の動く気配が感じられた。

ノブが回り、ドアが開く。チェーンはかかったままだった。

「インシュリンを持ってる」

「えっ？」

「四日分だがね。それでも、いまは貴重じゃないのか」

映子の眼が、じっと私を見つめてきた。

一度ドアが閉まり、また開いた。私はドアの内側に入り、後手で閉めた。

映子は、白いセーターを直接地肌に着ていた。暖房が効いていて、部屋の中は暖かい。

私は、この街へ来てはじめて着こんだコートの、ボタンだけをはずした。

「きのうのうちに、俺はインシュリンを四日分手に入れてね」

「どういうことなんですか？」

「とぼけてる時間はないだろう。こいつを売ってもいい、と言ってるのさ」

「わかってるんですか？」

「俺は、君に眼をつけて、この街へ来たのさ」

映子の下唇が、ちょっと動いた。電話が鳴った。はい、といいえが繰り返されている。

かなり長い電話が終るまで、私は玄関に立って待っていた。

家具は、あまりなさそうだった。入口のところがキッチンで、奥の部屋は玄関から全部
見ることはできない。映子はこちらに背中をむけ、両手で受話器を握っていた。

「ほんとに、インシュリンをお持ちなんですね」

「ここにね」

コートのポケットから、薬の箱と使い捨ての注射器を出した。

「いくらで、譲っていただけるんですか？」

「四百万」

「そんな」

「一日の命が百万。町田に払えない額じゃないだろう。四百万が四千万でも、いまのあいつは飛びつくはずだ」

「叶さんの狙《ねら》いは、結局なんなんですか？」

「金さ。人間は金のために働き、金のために裏切る。しばしば魂ってやつも売るぜ」

私は笑い、シガリロをくわえた。映子は灰皿を出そうともしない。

「中里充が、誘拐されたそうだね」

「知ってるんですか？」

「海外逃亡の保険をかけたつもりかな。人質がいれば、少なくとも警察は手を出せない」

「あたしのせいです」

「そんなことは、どうでもいいさ。四百万の件はどうなんだ？」

「相談しないと、なんとも言えませんわ」

「なんでも金で買える、と思ってるやつだろう。命だって買おうとするさ」

「あたしの方から、電話はできないんです。番号を知りませんから。むこうからの電話を待たなくちゃ」

「君も、信用されてないのか？」

「あたしを信用したから、この街にいるんです」

化粧っ気のない映子の顔は、ちょっとくすんだような感じで、化粧をしている時より不健康に見えた。目蓋《まぶた》もむくんでいる。

「充ちゃんは、あたしがなんとかしなきゃ。克彦《かつひこ》さんが悪いんです。インシュリンを受け取るのに失敗したからって、充ちゃんを攫うことなんかないのに」

「誰でも、保険はかけときたくなるものさ。警察だけでなく、君に対する保険にもなるわけさ」

「あたしは、裏切りません。それを、あの人はよく知ってますわ」

「むこうは裏切った。中里充を攫うことで」

「従弟《いとこ》を、ひどい目に遭わせようなんて気はありませんでした」

「中里のばあさんってのは？」

「あたしの、祖母です。母方の」

「なるほどな。要心深いことを考えたもんだ、町田も」

「インシュリン、四日分だけですか？」

「もう、買えんよ。医者にちゃんとかかってないかぎりはな。金で動く医者がいるかもしれないが、捜す余裕はないだろう。町田も、克彦とかいう養子も、出歩くわけにはいかんだろうし」

三和土《たたき》に、シガリロの灰を落とした。

「俺はきのう、町田に会ったばかりさ」

「会ったって？」

「小さな農家にいた。しかも空屋だ。石油ストーブを抱くようにしててね」

「そうだったんですか」

「きのうじゃ、四百万が四万でも無理なところだったな」

映子が、ちょっと長い瞬《まばた》きをした。私はまた、シガリロの灰を三和土に落とした。

「これで帰る。連絡は、宇野弁護士の事務所にくれ。きのうの私立探偵が、インシュリンを四日分持ってるって言えば、町田にはわかるはずだよ」

「叶さん、はじめから町田に用があって、こっちへいらっしゃったんですか？」

「どうかな」

「もしかして」

そこで映子は言い澱《よど》んだ。

「とにかく、インシュリンは持ってる。それをどうしようと、俺はいっこうに構わんのだよ」

映子が、私の眼を見つめてくる。この女は、ほんとうに町田を愛しているのではないか。そんなことを感じさせる眼だ。私は眼を合わせたまま、ゆっくりコートのボタンをかけた。

「この近辺でインシュリンが手に入れられないことを、一番よく知っているのは町田だ。やつをいぶり出すために、インシュリンの販売規制が厳しくなってるんだからな」

後手でノブを回し、外へ出た。

車のそばに、トレンチコートを着こんだ水島が立っていた。

「何時間前に釈放されたんだったかな、俺は」

「逮捕しようってんじゃないさ」

私の腰の後ろには、二二口径が吊《つ》ってある。それは、日本では完璧《かんぺき》に逮捕要件になるものだ。周囲に眼を配った。身体検査と水島が言い出せば、逃げるしかなかった。二十メートルほど離れた車の中。もうひとりいる。ようやく、二人ひと組という刑事の基本に戻ったようだ。

「町田を追いつめてる。かなりのところまで、追いつめてる。ここで邪魔をされるとかなわんな」

「映子とは、かなり親しいんだ。別に訪ねてもおかしくないだろう」

「と思って、こっちも油断するわけにはいかんのでね。町田が出てくるまで、あの女に会うのも控えておいてくれ」

逮捕する気はなさそうだった。身体検査と言い出す気配もない。

「宇野という弁護士も参ったね。いきなり県警本部の刑事部長と話して、次には所轄署の署長だ。俺のところへ来たのは、釈放しろと言うためだけさ。ほんとうなら、ひと晩くらい締めあげてやったところなんだが」

「マンションを見てて巻き添えを食らった一般人をかね」

「巻き添えといえば、あの陳という老人こそいい迷惑だった。ただ、根も葉もないってことじゃないんだな。糖尿病で、その治療を自費でやってる。町田と考えても、まったく不自然というわけじゃなかった」

「糖尿病ね。それで陳という爺さんに怪我は？」

「拳銃をつきつけられて、腰を抜かしただけさ。あれが、東京から来た連中に、町田を捜す糸口を与えた。やつら、ようやく町田がインシュリンを必要としていることに気づいたのさ」

「あんたもじゃないのか、警部？」

「実はそうでね。インシュリンなんて、ビタミン剤みたいに瓶に入れて、何か月分も持ってるのかと思ってたよ。その辺が盲点だったわけだ」

「インシュリンが、この街では非常に買いにくくなったそうだね」

「はじめからそいつをやっておけばな。東京の連中は、インシュリンを受け渡す場所を襲ったらしい。逃がしたようだが、インシュリンは町田に渡らなかった。もう時間の問題になってきてる」

中里充の誘拐については、水島は喋ろうとしなかった。車に乗りこむ私を、止めようともしない。エンジンをかけた。水島がウインドをノックした。

「町田には、若い男がひとり付いている。空手を使うやつだそうだ。ひとりで捜すのは、危険だぞ。一応教えておいてやる」

頷き、私は車を出した。

事務所に、キドニーはいなかった。女の子は、私と二人きりになると、ちょっと緊張した様子だった。

「病院は？」

「えっ」

「キドニーさ。人工透析を受けなくちゃならないんだろう？」

「三日に一回ということになってますが、適当に自分で見計らって行くみたいです。一回の透析が二時間ちょっとだから、近所でお茶でも飲むって感じで出かけていきます」

「ふうん。そんなに悪いボスって感じでもないんだな」

「優秀な人です。躰さえもっと動いたら、東京の第一線で忙しくしている人ですわ」

「そんなもんさ、人間ってのは」

シガリロを二本喫った。その間、私はずっと考え続けていた。なにを、どこから考えても、まとまりはしなかった。

電話。女の子が飛びついた。

「はい、ここにいらっしゃいます」

私に受話器を差し出してくる。

「船が、どうも摑《つか》めないんだ」

映子ではなく、キドニーだった。

「それを調べてたのか」

「大抵、情報のひとつぐらいはあるはずだ。一発で船を決めたわけじゃないだろうしな。ところがなにもない。どこの漁港にもな。沖で乗り移る貨物船の方は、調べようがないがね」

「特別の海外脱出ルートのようなものが、あるんじゃないのか？」

「まず、そこから調べたさ。それから、漁師のアルバイトってふうにな。どうも、船は使わないんじゃないか、という気がする」

「ほかに、海外に行く方法は？」

「ないね。俺はいまから、そこへ戻る。情報があったら、そっちへ入るようにしてあるからな」

電話が切れた。

船を見つけられれば、そこで待ち伏せることは可能だ。隠れている場所も、ある程度限定できる。しかし、キドニーが捜してみて見つからないのだ。

　シガリロに、火をつけようとした。また電話が鳴った。映子だった。

「四百万で、買うと言ってます」

「やっぱり、命は惜しいわけだ、あの男」

「あたしが、受け取りにいきますわ」

「駄目だ。君が見張られてることを、知らないわけじゃないだろう」

「でも、ほかに人がいません」

「町田に、直接ここに電話しろと言ってくれ。君を通して話さない方が、いいような気がする」

「でも」

「そうさせるしかないさ。四百万というのが本当だということを、俺も町田の口から直接聞きたいしね。宇野は、町田の弁護士でもある。宇野にも相談した方がいいかもしれないぜ」

「一応、そう伝えます」

　シガリロに火をつけた。

　女の子が、二杯目の日本茶を運んできた。

「キドニーの車に、電話は付いてるか？」

「ええ。みっともないからって、室内アンテナにしてますが」

女の子が、番号を書いたメモを寄越した。

「叶か。なにかあったのか？」

「思いついたことがある。町田は、自分で船を持ってきてるんじゃないのかな」

「自分でだと」

「ヨットハーバーに預けておく。できないことじゃないだろう。そして、確実に海外に運んでくれる貨物船を待っていた」

「あるな。一か所だけある。蒲生の爺さんのところだ」

「当たってみてくれ」

「わかった。そんなに遠くない。急行しよう」

電話を切り、私は日本茶を啜《すす》った。やはり甘い感じがする。うまいかどうかは、よくわからなかった。

五時を回った。キドニーから先に電話が入った。

「一隻、二十日ほど前から預けられているクルーザーがあるそうだ。どうでもいいようなオンボロだから、繋留《けいりゅう》はさせてやってる、と蒲生の爺さんは言った」

「それだ、多分」

「そっちの具合は、叶？」

「町田から、そろそろ連絡は来そうな気はするがね。それ以上はなにも決まっていない」

「すぐ、戻る」

次の電話が鳴ったのは、五時半だった。

「あの私立探偵だな、おまえ」

「話は聞いてると思うが」

「図々《ずうずう》しいにもほどがある。インシュリン四本で四百万だと」

「無理に買えと言ってるんじゃない」

「映子に渡せ。金はすぐ届くようにする」

「信用できんね」

「じゃ、映子が金を手にしたら、おまえに連絡させよう」

「それも困る。映子には刑事が貼りついてるんだ。彼女と取引するのは、二重の危険があるぜ。俺と彼女の取引現場を押さえられること。彼女がインシュリンを届けるところを尾《つ》行《け》られること」

「なるほどな。いろいろ考えちゃいるわけだ」

「当たり前だ。せっかくのインシュリンを、むざむざ警察《サツ》に没収されたくない」

「おまえの望みは？」

「あんたに直接会って、インシュリンを渡そう。金はその時引き換えだ」

「うちの息子をやる。それなら、信用できるだろう」

「俺を嵌めようとは思わないことだな。あんたの息子に肋《あばら》を叩《たた》き折られたくはない。俺は、情報はみんな摑んでるよ。あんたでなきゃ、インシュリンは渡さん」

「息子は付いていくぞ、どっちにしても。私はひとりで動き回れる躰じゃない」

「仕方ないな。あんたというお荷物がありゃ、息子も大人しくしてるだろう」

「もう一度、連絡しよう」

「わかった。ただ、いつまでも待てないぜ」

電話が切れた。

町田が近づいてきている。眼の前に立った時にどうするのか。大して迷ってはいない。ほとんど間違いなく、私は町田の眉間《みけん》に小さな穴をひとつあけるだろう。

25 取引

電話が鳴った。

出ようとしたキドニーを、私は制した。五度鳴らして、私が受話器を取った。

「どうしたんだ？」

「一杯やっててね」

午後七時を回っている。

私もキドニーも苛立《いらだ》っていたが、それを町田に気づかれたくなかった。

「手筈《てはず》を決めよう」

「いいよ。そっちの考えを言ってくれ。乗れたら、俺は乗ろう」

「産業道路の終点から、旧街道が続いているだろう。それで山に登ってくれ。峠のところで、私がいる場所がわかるようにする」

「とりあえず、峠まで行けばいいわけだな」

「ひとりでだ。一時間後」

「早すぎるな」

「細工をされたくないからな」

「わかった。いまからすぐ出よう」

電話が切れた。スピーカーのスイッチを入れてあったので、やり取りは全部キドニーにも聞こえている。

「峠から、どこへ行くかだな」

蒲生のヨットハーバーからは、かなり離れている。いつ船に乗る気か、という問題もある。ヨットハーバーのクルーザーは、燃料を満タンにしてあって、いつでも動かせるようになっているらしい。

「俺の車で行け、叶。電話が付いている分だけ、なにかの役に立つかもしれん」

「出かけよう」

キドニーが、シトロエンのキーを拋《ほう》ってよこした。

まず、産業道路に出た。尾行はいない。キドニーの車であったのが、よかったのかもしれない。水島も、キドニーなら敬遠したいような気分になるだろう。

まだトラックが多かった。工場の明りが見えてくる。残業をやるほど、景気はいいのだろうか。何台か、トラックを抜いた。サスペンションがやわらかいので、頼りないような気分になってくるが、加速はなかなかのものだ。フランス車のサスペンションがやわらかいのは、石畳の道を走るためだ、という話を聞いたことがある。

産業道路を走り抜けた。旧街道に入る。時間としては、ギリギリのところか。

ハイビームにして前方の状態がよくわかるようにした。対向車が、時々パッシングをしてくる。構わなかった。眩《まぶ》しければ、相手は減速する。こちらにはよく見えているのだ。

八時十五分。山道に入った。対向車は、まだ時々ある。

八時二十五分。峠だった。標識の下に車を停め、私はシガリロに火をつけた。一台、車が通りすぎていった。

八時三十分ぴったりに、甲虫《ビートル》がやってきて停った。

「沢村さん。どういうことだ、これは？」

　助手席には、映子が乗っている。

「この子がやろうとしてることを、私が手伝ってる」

「なぜ？」

「そうしたいからさ。付いてきたまえ」

　甲虫《ビートル》が、ゆっくり走りはじめた。私はシトロエンに乗りこみ、バックして方向を変え追いかけた。

　脇道に入った。ほかに車はまったくいなくなった。甲虫《ビートル》のテイルランプが、闇《やみ》の中で揺れる。三十分ほど、林道を縫った。

　ブレーキランプ。私は車を停め、ハイビームを落とした。ライトは消さない。

　ライトの光の中に、映子が出てきた。

「どういう気なんだ、沢村さんなんか連れてきて」

「尾行を撒《ま》くには、これしかなかったの」

「それはわかったが、君が来ることもなかっただろう」

「町田は、克彦さんをそばから離したがりません」

　私は、助手席に置いたインシュリンの箱を見せた。映子が頷く。

「ここからは、ビートルに乗ってください」

「わかった」

コートとインシュリンの箱を手に持って、私は車を降りた。拳銃は、コートのポケットの中に移してある。

甲虫《ビートル》の後部座席に乗った。

「馬鹿なことだとは、思わんのか、沢村さん」

「君もな。お互いさまってところだよ」

「危険なんだ。ピアニストの手に負えることじゃない」

「危険なのも、承知の上だよ」

「事情を知ってるのか、あんた？」

「およそのことは、映子から聞いていた」

「およそってのは、どの程度のことなのかな。この女は町田静夫という男の情婦だ。町田はいま、海外逃亡をしようとしている。何万人という人間の小金を集めて、口を拭ってるような男だぜ。それを、映子は助けようとしてるんだ」

「わかってるよ。どうしてもインシュリンが必要だということも」

映子は黙っていた。沢村は、闇の中の細い道を、慎重に運転している。

「いいのか、それで。町田を逃がしてしまえば、映子は自分のものになる、とでも思っているのか」

「よせよ、叶さん」

「あんたを惜しむ。だから言ってるんだ」

「自分は、どうなんだね」

「ボロ屑《くず》のように、いずれくたばるさ。それにふさわしい生き方をしてきた」

「私も、だよ」

十分ほど走った。

小さな小屋だった。なんに使われているものだかわからない。そばに、大型のランドクルーザーが一台停《とま》っている。

克彦と呼ばれる男が、ライトの中に出てきた。じっと私の方を見ている。コートを車の中に置いて、私は外へ出た。躰を探られる。折り畳んだ小さなナイフは、ライターかなにかだと思ったようだ。

「ここは？」

「知らねえな。山の作業で使った小屋を、そのままにしてあるんじゃねえのか」

「おまえが攫った子供、元気なんだろうな？」

「あのガキがいるんで、こんな人眼につかないところに隠れてんのさ」

「町田は？」

「中だ」

映子も沢村も、車を降りていた。石油ランプらしい光が、小屋の中から洩《も》れている。

「インシュリンは?」

「町田に直接じゃないと、渡せないな。それも、金と引き換えにだ」

小屋の引戸が開いた。ランプの光を背にしているので、町田の表情はよくわからなかった。

「持ってきたぜ、四日分」

私は、インシュリンの箱を光の中に差し出した。町田が、私の足もとに紙包みを放り出す。ゆっくりと、私はそれを拾いあげた。札束が四つ。二歩、町田に近づいた。克彦が遮ってくる。私は克彦に、インシュリンの箱を渡した。町田がそれを受け取り、口を開いた。笑ったようだ。白い義歯が光を照り返す。

克彦の手に、黒い光があった。三八口径のスナブノーズのようだ。私はシガリロに火をつけ、燃えあがったマッチの軸をそっちへ持っていった。思った通りSWの三八口径だ。

「おまえが、私を狙っている殺し屋だということぐらい、とうにわかってる。でなけりゃ、映子との取引で承知してるはずだ。どうしても私に会いたいというのは、ほかに魂胆があったからだろう」

「取引は、したじゃないか」

「私も馬鹿じゃない。私に生きていられると都合の悪いやつが、何人もいることは知っている。逆に、生きて私がなにか喋ることを期待している人間もいる。どちらも、欲がすべてという豚どもだな」

「おまえはどうなんだ、町田？」

「私には、集めた金を使ってやれることがあった。それは欲からじゃない。その金の使い道について、何度も話合いを重ねた指導的な政治家もいた。ところがなんだ。誰かが詐欺だと言いがかりをつけたら、私という人間は知らんと言いだすやつまでいる。信義というのは、どうなっておるんだ。私は、絶対にこのまま死なんぞ。私から、甘い汁を吸って口を拭っているやつらに、ひと泡吹かせてやる。それまで、絶対に死なんぞ」

「おまえも結局、欲がすべての豚さ」

「勝手に吠《ほ》えろ。殺し屋風情に、なにがわかる。それに、どうせおまえはもうすぐ死ぬ。ここで、野良犬みたいに撃ち殺されるんだ」

シガリロの火が、赤い点に見える。しばらく私は、それに見入っていた。暗闇で喫うシガリロは、あまりうまくない。

映子と沢村は、躰を寄せ合って甲虫《ビートル》のそばに立っていた。町田がチラリとそちらへ眼をやった。私が踏み出そうとすると、克彦のスナブノーズがピクリと動いた。

「どうだ、叶。おまえは殺し屋だな。金を貰って、私を殺しに来たんだな」

「違うよ」

「助かりたいのか、この期に及んで」

「そんな意味じゃない。俺は気ままに、自分の方法で仕事をするんでね。金は貰っていない。金を貰うのは、仕事が完了した時だ。つまり、おまえが死んだ時さ」

「私を殺すと、いくらになる？」

「四百万よりは、確実に多いな」

「誰に頼まれた」

「それは、言わないことになってる」

「言え。誰に頼まれたんだ」

「あんたが生きてると、都合の悪い人間が何人もいる、と言ってたじゃないか」

「その名前が、知りたいんだ」

「言う気はないね」

「殺されてもか」

「言わないと決めている。なにがあろうとだ」

「馬鹿め、まあいい。私はどうせ、明日の正午には船の上だ」

「命が惜しくなった時、人はどこか抜けちまうものなんだな。みんなそうだったよ。それで、かえって死んでいったりする」

「どういう意味なんだ？」

「俺を馬鹿だと言ったね。馬鹿は馬鹿なりに、いろいろ考えるものさ。特に、手の汚れた相手と会ったりする時はな」

「なにを、どう考えた？」

私は、シガリロを捨て、路上の赤い点を靴で踏んだ。

かすかな風が吹いている。晴れはじめたようで、空には星がいくつか見えた。私はズボンのポケットに手を入れた。小さなナイフ。いまは、これ一本だけだ。

「もういい。克彦、こいつを片付けてこい」

「待ちたまえ」

沢村が言った。町田は、沢村の方にチラリと眼をくれただけだった。

「殺したりすることはないだろう。彼は、ちゃんとインシュリンを持ってきたんだ」

「いいんだよ、沢村さん。俺は約束を守っていない。殺されて当然さ」

「約束？」

小屋に入りかけた町田が、足を停めた。

「どういうことだ？」

「そのアンプルを打ってみろ。元気がでるぜ。なにしろ、ビタミン剤だからな」

「なんだと」

町田が、インシュリンの箱を開けた。ビタミン注射のアンプルが四本入っているだけだ。

「どういうことだ。おまえ、これを確かめたのか？」

映子が前に出てきた。

「あたし」

「彼女が最初に見た時、これには間違いなくインシュリンが入っていたよ」

「それは、どうした？」

「車の中さ。自分の車を離れる時、グローブボックスに放りこんできた。あんたと会うためには、それなりの用意をしなくちゃな」

町田が、ビタミンのアンプルを路面に叩きつけた。私は、ズボンのポケットから右手をそっと抜いた。

「こいつを捕まえろ、克彦。殺すなよ。車にインシュリンがあるというのも、嘘《うそ》かもしれん」

「鋭いね、町田さん。実をいうと、ある場所に隠してある。峠には、ちょっと早い時間に着いたんでね」

四百万の札束を、私は町田の足もとに抛り返した。

撃鉄の起きる音。私が横に跳んだのと、音は同時だった。私は右手に持っていたナイフを、とっさに投げた。あっという声があがった。踏み出していた。克彦の手首を摑む。二発目、閃光《せんこう》は空にむいていた。渾身《こんしん》の力を、手に籠《こ》めた。銃が落ちる。それを蹴った。闇の中に拳銃は消えた。したたか、下腹に蹴りを食らった。躰が離れた。ナイフ。克彦の左肩に刺さったままだ。

抜く余裕は与えなかった。踏み出す。右、左と蹴りを出した。掌底《しょうてい》が返ってきた。肩。かなり効いた。克彦に刺さっていたナイフが、路上に落ちた。拾う隙《すき》はない。克彦の右手が腰の後ろに回る。出てきた時は、アーミーナイフを握っていた。

刃の起こす風が、頬《ほお》を打った。私は姿勢を低くした。ナイフが振り降ろされてくる。倒れ、路面を転がって避《よ》けた。蹴りが追いかけてきた。躰の芯《しん》に響くような重い蹴りだ。呼吸。できない。吸えもしなければ、吐けもしない。躰だけが、無意識に動いている。路上に落ちた、ナイフを摑んだ。蹴り。受けながら、私はナイフを横に払った。かすかな手応《てごた》えがあった。

立った。息が吸えた。そして吐く。躰に、精気がめぐっていく。

克彦の姿勢が低くなった。私のナイフの刃渡りは、克彦のナイフの四分の一もない。相手のナイフが届いても、私のナイフは届かない。それは、単純すぎる計算だった。殺し合いは、複雑なものだ。心理が入り混じってくる。

克彦が踏みだした。誘い。乗った。克彦の躰がのびあがる。乗ったのは、途中までだ。二歩目は、横に跳んだ。跳びながら、姿勢を低くした。克彦の躰と、私の躰が交錯した。ナイフに、肉を切る感触があった。

むかい合う。克彦の太腿《ふともも》に血のしみが拡《ひろ》がっていた。待たなかった。スポーツの試合ではない。突き出されてくるナイフをかわした。次の瞬間、左手に持ち替えたナイフを下からすりあげた。また、克彦の躰のどこかを掠《かす》めたようだ。

はあっ、と克彦が息を吐いた。ナイフ。右手。踏みこみ、足をとばして臑《すね》を払った。克彦の姿勢が崩れる。首筋。ナイフを横に薙《な》いだ。克彦の腕から血が飛んだ。急所を庇《かば》ったのは、さすがだった。一歩退がり、姿勢を低くした。克彦が、叫び声をあげた。叫びながら、後退していく。

私は、甲虫《ビートル》のそばに立っている沢村を突き飛ばした。コート。ポケット。私の二二マグナム。握った時は、撃鉄を引き起こしていた。狙う。立ち竦《すく》んでいる町田の眉間。視界に、沢村が入ってきた。

「どけっ」

「私が撃たれよう、叶さん」

「馬鹿なことを言うな、どけっ」

「この男を、逃がしてやりたい」

「撃つぞ」

町田の眉間は、沢村の肩に隠れていた。

「逃げなさい、早く」

「沢村さん、頼む。どいてくれ」

「撃たれていいんだよ、私は」

「なぜだ？」

「私が、いいと言ってる」

町田が、ランドクルーザーに飛び乗った。銃口をむけたが、そのさきには沢村がいた。

「おまえもだ、はやく」

町田が叫ぶ。映子が乗り、克彦も飛び乗った。甲虫《ビートル》の尻に前部をぶっつけて押しのけ、ランドクルーザーはエンジンの音をあげた。テイルランプが遠ざかっていく。

その気になれば、たやすくタイヤを撃ち抜くことができた。なぜやらなかったのかは、わからない。車よりも沢村の方を、私は見ていた。

「邪魔をして悪かったね、叶さん」

「なぜ、なぜなんだ？」

「映子が、町田という男にしてやりたいと思っていることを、私もしてやりたかった」

「なぜ？」

「彼女に惚《ほ》れたからさ」

「行っちまったぜ、町田と一緒に」

「それもいい。自分でしてやりたいと思ったことをしてやるのが、私のやり方だ」

「馬鹿げてる」

「そうだな。しかし、叶さんはほんとうに女に惚れたことはないだろう」

愛してたのに。私の銃弾を受け、そう言いながら死んでいった女の顔が浮かんだ。

「そんなものなのか？」

「私の場合はだ」

惚れた女が酒と薬の中に堕《お》ちていれば、自分も堕ちていく男。私にできることではなかった。私は、ゆっくりと撃鉄を戻した。

「撃鉄をあげてた。ほんのちょっとした拍子で、弾は飛び出したはずだ」

「撃たれようと思っていたよ」

撃つのが、これまでの私だったはずだ。

「どうなっちまったんだ、俺は」

私は拳銃を収《しま》いこんだ。

「ビートル、ぶっ毀《こわ》れちまってるぜ」

「仕方がないな」

「シトロエンのところまで、歩こう。小屋の中に、誘拐された坊やがいるはずだ」

「眠ってたら、どうする？」

「起きて貰うさ」

「起こさないように、背負っていこう。どっちが背負うかは、賭《か》けだ。コインを投げてね」

「おかしな人だ、あんたは」

中里充は、針金で縛りあげられていた。

「眠ってるな、こいつ」

「子供はいいもんだ」

「図体《ずうたい》は大人に近いですよ。担いでいくのは骨だ」

まず針金を解いた。充が眼を開けた。私は頷いてみせた。

26 焔

車で下ってくるのは十分だったが、歩いて戻ると一時間半以上かかった。

エンジンキーを入れ、私は電話をとった。キドニーの部屋。二度のコールで、すぐに出た。

「明日の正午までに、やつらは船に乗るらしい」

「ということは、逃げられたわけだな」

「逃がしてやったのさ。でかいランドクルーザーだ。下手をすると、もうヨットハーバーに到着してるかもしれんな」

「蒲生の爺さんに電話をしてみよう」

「中里充という少年は、無事だったよ」

「そっちを助けるために、やつらを逃がしたってわけか。殺し屋らしくないことをしたもんだ」

私は苦笑した。銃を構えて、引金を引かなかった。確かに、殺し屋らしくはない。

「一時間で、街へ帰るよ」

車を出した。山間《やまあい》で、感度があまりよくなかったのだ。

後部座席では、中里充が横たわって眠っている。私の背中でも、よく眠っていた。

「映子は、町田と一緒に海外に逃げようって気じゃないのかな」

「それもいいさ」

「惚れた女がやりたいと思っていることを、やらせてやりたい、と言ってたね、沢村さん」

「あの子は、町田という男を助けたがっていた。助けなきゃならない、と思ってたな。だから、私はあの子がそうできるようにしてやりたかった」

「そんなもんなのかな」

「会った時から、あの子の心の中には、私のピアノの音が響いていくような空洞があった。あの子のために、ピアノを弾きはじめたと言ってもいい」

「映子の方は？」

「無心に、心の中の空洞に、私の音を響かせていた。私は、それでよかったんだ。そういう時、君が現われて、ソルティ・ドッグを私に勧めた」

「十五年前を、思い出したんだよ」

「そのころの君は、どうだった？」

「あたり前の、どこにでもいる青年でしたよ」

「あのころと較《くら》べて、私のピアノはどうかな？」

「あのころと較べたいですか？」

「いや、いまはいまさ」

「錆《さび》が出てると思った。錆びついてるってんじゃなくね。男ってのは、その錆びの具合なんだとも思ったよ」

シトロエンCXパラスは、山道のカーブの多い道を、ゆらゆらと揺れながら走っていく。まったくやわらかいサスペンションだ。

ヘッドライトが照らし出すのは、雑木林だけだった。街道に出た。ところどころに、街灯がある。

「これからまだ、町田を追うのかね？」

「沢村さんには悪いけど、町田は逃げきれませんよ。どうしたって無理がある。映子が一緒に逃げたのは、非常に危険なことだな」

「だろうね」

「それでも、一緒に逃がしてやりたい？」

「映子は、東京でボロボロになっていたらしい。それを、町田が助けたのさ。死ぬところを助けられた、と映子は思ってる。その借りを、返したいんだ。そうするのが、人間だと思ってる。そういう映子に私が惚れたら、やれることはひとつだけだろう」

「つらいだろうな、女のあるがままを受け入れるというのは」

「それが、男さ」

電話が鳴った。

「ついさっき、船が出ていったそうだ。あのヨットハーバーは、入口のところに暗礁があってな。出るのに苦労してたらしい」

「乗ったのは、三人だな？」

「女がひとり混じっている」

「わかった。川中の高速船を借りたい。なんとかなるだろうか？」

「電話してみろよ。川中はこの時間なら部屋にいるだろう。いなきゃ『ブラディ・ドール』に電話すりゃ、居所はわかる」

「わかった」

「中里とかいう子供はどうする？」

「ホテルに預けるよ。秋山安見のボーイフレンドなんだ」

「ふうん、安見のね」

電話を切ると、すぐに川中の部屋の番号をプッシュした。

「坂井をやろう。すぐ動かせるようにしておく」

船を貸してくれとだけ言った私に、川中はあっさりそう言った。

「俺は出られない。いまここに、女がいてね」

「助かるよ」

産業道路に入った。道幅は広く、街灯は明るかった。時折、トレーラートラックが工場から出てくる。工場の方へむかっているトラックもいた。

「彼らを追って、どうする気だね？」

「仕事をするだけさ」

「私も、連れていってくれ」

「また、邪魔をされそうだな」

「約束しよう。君が、映子を殺そうとしないかぎり、邪魔はしない。協力もしないがね。映子がどうするか、私は見届けておきたいだけなんだ」

「いいだろう。今度邪魔をすると、あんたの眉間に、穴がひとつ開くよ」

スピードをあげた。直線の道だ。次々とトラックを抜いていく。すぐに、港の明りが前方に見えてきた。

「叶さん。インシュリンはまだ持っているのかね？」

「四日分だけなら」

「町田は、残り一日分しか持っていないそうだ。四日分あれば、台湾に着いてから新しいインシュリンを手に入れる時間は、充分にあったわけだな」

「どういう意味で言ってるんですか？」

「生き延びようとする気持を、なんとなく考えてみた」

「渡しませんよ、町田には」

「渡せとは言ってないさ」

海沿いの道に出た。トラックの数が少なくなった。スピードをあげる。ハードコーナリングにも、やわらかいサスペンションはしっかりと付いてきた。

街を右手に見て走った。街並みはすぐに途切れてきた。右は丘陵と雑木林で、左はずっと海だ。

ホテルとヨットハーバーの明りが見えてきた。

私は、車をホテル・キーラーゴの玄関に横付けし、クラクションを二度鳴らした。ナイトマネージャーが飛び出してくる前に、私はヨットハーバーにむかって走っていた。

クラブハウスの前。『レナⅢ世』のアッパーブリッジで、坂井が手招きしている。

「行こう」

なにをしに行くのか、私にはよくわかっていなかった。町田。遠い標的だ。距離ではなく、別のものが遠くなってしまっている。標的を狙う心。それだろうか。

エンジンがかかった。遅れて走ってきた沢村が、かろうじて乗りこんだ。

レーダーを回した。一浬《カイリ》、三浬。その圏内には、船はいなかった。スピードがあがる。真直《まつす》ぐに沖にむかっているようだ。

「パワーボートが二隻、慌てて出ていきましたよ。叶さんが飛びこんでくる、十五分ばかり前です。それぞれ、三人ずつ乗ったみたいでしたね」

陸から六浬のあたりで、ようやくレーダーが小さな船影を捉《とら》えた。

「連中のパワーボートだろう。かなりのスピードだ」

「すぐに追いつきますよ。御心配なく」

坂井は、船頭にでもなったような気分らしい。海上は漆黒で、なにも見えなかった。陸地の明りが、点々と見えるだけだ。

レーダーの捕捉《ほそく》した船影が、さらに近づいてきた。小さな点が、二つに分れた。町田のクルーザーはまだ見えない。

多分、ランドクルーザーで走っていて、連中に見つかったのだろう。ヨットハーバーまでは逃げきったが、船を出さざるを得なかったに違いない。レーダーがあろうとなかろうと、夜間の航行が危険なのは、坂井の緊張を見ているとよくわかる。

「あと一浬の差ってとこですね」

気軽に坂井は言ったが、海図に何度も眼をやっている。指で押さえているところが、現在位置なのか。

レーダーの船影が、左へ方向を変えた。レーダーを覗きこんでいるかぎり、小さなホタルが二匹、飛んでいるような感じだ。

ゆっくりと、坂井も船を回した。

「いたな」

レーダーの左端に、ようやく三つ目の船影が現われた。それを追うようなかたちで、二つの船影はさらに左へ曲がった。

「あれだ」

坂井が、闇の中を指さした。かすかな光。私は双眼鏡を眼に当てた。前方にむかって、サーチライトを照らしているらしい。

艀に加速がかかってきた。いままで、フルでは走っていなかったようだ。アッパーブリッジの風防に、風と飛沫《しぶき》がぶつかってくる。船影は、見る見る接近してきた。すでに双眼鏡を使う必要がないくらいだ。

闇の中を、鋭い破裂音が貫き通ってきた。

「ライフルだ、ありゃ」

呟《つぶや》くように坂井が言う。銃声は、二発、三発と続いた。それに対する応射なのか、パチパチという音が聞える。

「ライフルを撃ってるのは町田の船だな」

揺れ。照準は決まっても、引金を引くタイミングは難しいだろう。

二隻のパワーボートのサーチライトが、くっきりとクルーザーを照らし出しているのが見えてきた。クルーザーの速度は遅い。

「運がないな」

私は呟いた。眉間に穴をあけることで、私が人生の幕を降ろさなくても、ほかの人間が降ろしてしまう。つまりはそういうことなのだ。人生の幕が降りる時期だから、私が雇われることになった。

だからと言って、私の行為を正当化しようとは思わなかった。この世で、生者を死者に変えることを許された人間が、いるわけがなかった。

「ぶつかりますよ、あいつら」

それほどの勢いで、パワーボートはクルーザーに近づいている。後方から見ていると、ほとんどぶつかっているような感じだ。

また、ライフル音が闇を裂いた。パチパチという拳銃での応戦も激しくなった。クルーザーのアッパーブリッジで、ライフルを構えている克彦の姿も見えた。

東京から追ってきた連中は、方針を変えたのだろうか。町田を殺してもいい、という感じの追跡だ。

パワーボートの一隻が、クルーザーの後ろからむこう側に回りこんだ。坂井は、船の速度を少し落とした。このままだと、『レナⅢ世』も三隻の中に突っこんでいく危険がある。

マストの上のサーチライトが点《つ》いた。三隻が、闇に浮かびあがる。

「距離は百ありませんよ」

「近づいてくれ、もっと」

パワーボートの人影も、クルーザーの上の克彦や町田の姿も、はっきりと見えた。映子はキャビンの中なのか。姿は見えない。

私は、銃を抜いた。まだ五十メートル。確実にヒットさせるには、遠すぎる距離だ。しかも、船の上だった。

「近づけますか？」

「できるかぎり」

連中は、こちらの接近にも当然気づいている。いまはクルーザーを攻めるのが精一杯なのか、時々振り返るだけだ。

ぐぐっと、『レナⅢ世』が加速した。

三十メートル。私は前に出した左足に体重をかけ、両手保持で銃を構えた。サーチライトの当たったところだけ、昼間のような明るさだ。

揺れのタイミングを測った。船体が持ちあがる。沈みこむ。その間に、束《つか》の間《ま》、静止したと感じられる時間がある。

照準。決まった。躰が静止したと感じた時、引金を引いていた。

ひとりが、肩を押さえて前のめりになった。マグナムといっても、二二口径にはそれほどの反動はない。

構えは崩さず、左の親指で撃鉄をあげた。二発目。もうひとりも、前のめりになった。やはり右の肩。

「すごい。一発目はまぐれだと思ったけど」

二十メートル。すぐ手が届きそうな距離だ。ひとりが、こちらに銃口をむけた。私の引金の方が、早かった。やはり肩。一隻のパワーボートは、三人とも肩を押さえている。

「神技だな、これは」

「地面の上なら、四十メートルでマッチ箱を撃ち抜ける。その気になればだが」

「それで、二二口径を使うんですか。絶対に自信があるから」

「こいつで、充分なんだ」

パワーボートは、フラフラと方向を変えた。クルーザーから離れていく。

不意に、クルーザーの甲板になにかが飛んだ。爆発する。焔《ほのお》が、舐《な》めるように甲板に拡がった。二発、三発と続いた。克彦が、ジャンパーを振りあげて消そうとしている。ライフルを撃っているのは、町田だ。

キャビンのあたりからも、火が出た。

「船を寄せろ、坂井」

「しかし、これ以上近づくと」

焔は甲板全体に拡がり、町田も、もうライフルを撃つ余裕はないようだ。パワーボートが離れていく。コックピットの計器盤を狙って、私は続けざまに二発撃った。白煙。ショートでもしたのか。パワーボートが推力を失って波に漂いはじめる。

「坂井、クルーザーの後ろから、擦りぬけるように走り抜けられないか？」

「ゆっくりと接近させるより、その方がやりやすいでしょう」

「頼む」

「賭けみたいなもんですよ。こいつは軽量なんで、ぶつかると弱いんです」

それでも、坂井はやる気になったようだ。スピードがあがる。焔が近づいてくる。

アッパーブリッジの町田。狙いをつけた。町田の眉間に、ひとつ穴があくのが見えた。躰が崩れたのは、しばらくしてからだ。

「ぶつかる」

坂井が呻《うめ》く。焰の熱気が、こちらにもろに吹きつけてきた。映子。キャビンの中に姿が見えた。近づいた。ぶつかる。私もそう思った。衝撃はない。

「かわせるぞ。一メートルでかわせる」

焰が、『レナⅢ世』の船体を舐めた。

私は跳んだ。アッパーブリッジの手すりから、クルーザーの甲板。沢村の叫び声が聞えた。

焰の中だった。キャビンの窓を蹴破る。椅子《いす》に凭《もた》れるようにして、映子は倒れていた。

窓からキャビンに滑りこんだ。

映子を担いだ。後ろのドアは焰で塞《ふさ》がれている。舳先《へさき》の方へ行き、前部のハッチを開けた。焰の中に、映子の躰を担ぎあげたまま這《は》い出した。クルーザー全体に、衝撃があった。燃料に引火した。わかったのは、それだけだった。

私は宙を飛んでいた。

27　ステイ

キドニーが、私を覗きこんでいた。

「髪がチリチリだぜ。パーマをかける手間が省けたな」

「生きてたのか？」

「人間っての、簡単に死なないな。いや、死ねないやつがいる」

私は眼を閉じた。死ぬ気はなかった。死ぬとも思わなかった。ただどこかに、そう思いながら死んで行くこともあるのだ、という気はあったかもしれない。

「火のついた船に飛び移る。たまげたもんだよ」

「負けたくなかった。不思議だが、そんな気持しかなかったような気がする」

「町田は黒焦げさ。警察じゃ、眉間に穴があるようだと騒いでいるがね」

「それは、わかってる。悪かったと思ってるよ」

「町田は焼死さ。警察も、そう断定するつもりのようだ」

「俺が撃ち殺した」

「仕方ないだろう。どう死んだか決めるのは、警察なんだ」

「そういうもんか」

「連中も逮捕されたみたいだ。火をつけると、町田は海に飛びこむ。そこを、捕まえようと考えたみたいだな。町田は、飛びこまなかった。逃げようという執念が、それほど強かったということだろう」

「川中の船に、傷はつかなかったか？」

「いまいましいがね。坂井の野郎は、なかなかいい腕をしてやがるのさ」

訊きたいことを、私は訊かなかった。キドニーも喋ろうとしなかった。

坂井が入ってきた。ヨットのステイが、カタカタと鳴る音も一緒だった。

ヨットハーバーのクラブハウスらしい。

「たまげましたよ。火事の船に飛びこんでいった時はね」

「気を失ってたのか、俺は」

「爆風で、吹っ飛ばされたんです。絵みたいに、あの時の姿は残ってます。後ろにいた野郎は、まともに爆発を食らいましたね。いま病院ですが、多分死んでるでしょう」

躰を起こした。左腕にガーゼが当てられている。火傷《やけど》らしい。上半身は裸だった。

「映子は？」

訊きたいことを、私は訊いた。

「船に引っ張りあげた時は、もう駄目でした。沢村先生が、必死で人工呼吸をしましたがね。それに、火傷もひどくて」

「沢村さんは？」

「いまも、『レナⅢ世』にいます。じっと海を眺めてね」

沢村に負けたくない。私は確かにそう思っていた。それが、私を飛ばせた。

「俺のシガリロ」

「そんなもん、あるわけないだろう」

キドニーが、パイプを差し出した。

「バーズアイの木目の、高級品だ。おまえにやるよ、叶」

「なぜ?」

「俺のパイプの煙に、懸命にシガリロで対抗しようとしてたじゃないか。途中で諦めたようだがね。パイプに対抗できるのは、パイプだけさ」

マッチで火をつけた。濃い煙が口に流れこんでくる。

「殺し屋が、人を助けようとして死にかかった。失業だな」

「失業かね、やはり」

「死のうとした。自分の意識にはなくてもな。俺はそう思うし、わかるような気もする」

「殺し屋をやっている時、結構、一日一日は明るく愉《たの》しかったもんだ。仕事の時は別としてな」

「失業すると、つらいぜ」

「だろうな」

「生きるしかない。死ねなかったんだ」

私の幕は、誰がいつ引きに来るのか。

キドニーと眼が合った。かすかに、感情のかけらが眼をよぎった気がした。

「生きるしかないのか」

パイプの煙を吐いた。かすかに、熱を持って暖かくなりはじめている。

私は眼を閉じた。

ヨットのステイが、風でカタカタと鳴るのだけが聞えた。

本書は平成三年三月に刊行された角川文庫を底本としました。

Haruki Bunko
ハルキ文庫

き 3-27

黒銹《こくしゅう》 ブラディ・ドール⑤

著者 北方謙三《きたかたけんぞう》

2017年5月18日第一刷発行

発行者 角川春樹

発行所 株式会社角川春樹事務所
〒102-0074 東京都千代田区九段南2-1-30 イタリア文化会館

電話 03(3263)5247(編集)
03(3263)5881(営業)

印刷・製本 中央精版印刷株式会社

フォーマット・デザイン 芦澤泰偉
表紙イラストレーション 門坂 流

ISBN978-4-7584-4088-2 C0193 ©2017 Kenzô Kitakata Printed in Japan
http://www.kadokawaharuki.co.jp/[営業]
fanmail@kadokawaharuki.co.jp[編集]　ご意見・ご感想をお寄せください。

時代小説文庫

北方謙三

三国志 一の巻 天狼の星

時は、後漢末の中国。政が乱れ賊の蔓延《はびこ》る世に、信義を貫く者があった。姓は劉、名は備、字《あざな》は玄徳。その男と出会い、共に覇道を歩む決意をする関羽と張飛。黄巾賊が全土で蜂起するなか、劉備らはその闘いへ身を投じて行く。官軍として、黄巾軍討伐にあたる曹操。義勇兵に身を置き野望を馳せる孫堅。覇業を志す者たちが起ち、出会い、乱世に風を興す。激しくも哀切な興亡ドラマを雄渾華麗に謳いあげる、北方〈三国志〉第一巻。

（全13巻）

北方謙三

三国志 二の巻 参旗の星

繁栄を極めたかつての都は、焦土と化した。長安に遷都した董卓の暴虐は一層激しさを増していく。主の横暴をよそに、病に伏せる妻に痛心する呂布。その機に乗じ、政事への野望を目論む王允は、董卓の信頼厚い呂布と妻に姦計をめぐらす。一方、兗州を制し、百万の青州黄巾軍に僅か三万の兵で挑む曹操。父・孫堅の遺志を胸に秘め、覇業を目指す孫策。そして、関羽、張飛とともに予州で機を伺う劉備。秋《とき》の風が波瀾を起こす、北方〈三国志〉第二巻。

（全13巻）

時代小説文庫

北方謙三

史記 武帝紀 一

匈奴の侵攻に脅かされた前漢の時代。武帝劉徹《ぶていりゅうてつ》の寵愛を受ける衛子夫《えいしふ》の弟・衛青《えいせい》は、大長公主《だいちょうこうしゅ》(先帝の姉)の嫉妬により、屋敷に拉致され、拷問を受けていた。脱出の機会を窺っていた衛青は、仲間の助けを得て、巧みな作戦で八十人の兵をかわし、その場を切り抜ける。後日、屋敷からの脱出を帝に認められた衛青は、軍人として生きる道を与えられた。奴僕として生きてきた男に訪れた千載一遇の機会。匈奴との熾烈な戦いを宿命づけられた男は、時代に新たな風を起こす。

(全7巻)

北方謙三

史記 武帝紀 二

中国前漢の時代。若き武帝・劉徹は、匈奴の脅威に対し、侵攻することで活路を見出そうとしていた。戦果を挙げ、その武才を揮う衛青は、騎馬隊を率いて匈奴を撃ち破り、念願の河南を奪還することに成功する。一方、劉徹の命で西域を旅する張騫《ちょうけん》は、匈奴の地で囚われの身になっていた──。若き眼差しで国を旅する司馬遷《しばせん》。そして、類希なる武才で頭角を現わす霍去病《かくきょへい》。激動の時代が今、動きはじめる。北方版『史記』、待望の第二巻。

(全7巻)